GW01080179

El egoísta

.

Autores Españoles e Iberoamericanos

Nativel Preciado

El egoísta

Finalista Premio Planeta
1999

PLANETA

© Nativel Preciado, 1999
© Editorial Planeta, S. A., 1999
Córcega, 273-279, 08008 Barcelona (España)

Diseño de la sobrecubierta: Departamento de Diseño de Editorial Planeta

Ilustración de la sobrecubierta: «Western Motel-Hommage à Edward Hopper», de Dietmar Henneka

Primera edición: noviembre de 1999
Segunda edición: diciembre de 1999

Depósito Legal: B. 47.887-1999

ISBN 84-08-03369-7

Composición: Foto Informática, S. A.

Impresión y encuadernación: Cayfosa

Printed in Spain - Impreso en España

Otras ediciones:
Especial para Planeta Crédito
1.ª edición: noviembre de 1999

Para Alejandro,
y también, para Sara y Pablo

NOTA

No puedo negar que para escribir esta historia imaginada me he inspirado en la realidad, pero todos los personajes que aparecen en la novela son pura fantasía. Baltasar Orellana no existe.

PRIMERA PARTE

Grafomanías
(8 de septiembre)

Quiero recordar el día en que perdí la memoria. Voy a aclarar las cosas cuanto antes. Mi pérdida de memoria fue un episodio fugaz, apenas duró un día, pero ese día revolvió mi existencia a una edad en la que ya no se espera ningún sobresalto. Mi mayor deseo hasta los sesenta y nueve años era compartir la cama con una mujer joven y aparentemente enamorada, aunque tras sus gestos amorosos se ocultasen pequeñas ruindades. Poco me importaba que no me quisiera mientras fuera capaz de acariciarme, calentar mis sábanas, atenderme y susurrar falsas palabras cariñosas. A estas alturas de mi vida hubiera sido muy penoso prescindir de su aliento, del roce de su pelo, del calor de sus piernas, de la suavidad de su piel. Quería sentir su cuerpo blanco y desnudo sobre el mío y debo decir que ella aceptaba el simulacro del amor cuando me venía en

11

gana, cosa que fue sucediendo cada vez más de tarde en tarde.

Hasta el día en que perdí la memoria daba por satisfechos el resto de mis deseos. Me consideran un personaje influyente y poderoso, aunque se trate de asuntos bien distintos. Detesto, por ejemplo, obligar a otro a hacer lo que no quiera. Pienso que ejercer la autoridad, la forma más elemental del poder, carece de mérito. Las mujeres me han atraído persistentemente de una manera brutal, casi incontrolable, pero jamás he ejercido mi autoridad para lograr su entrega. No hubiera sido capaz de emplear la fuerza de mi posición, pues lo considero una forma de violación sutil. Lo que me complace es crear las condiciones para que las cosas discurran de la forma que yo quiero, desplegar mi enorme influencia, convencer a los demás en cada momento de lo que me viene en gana. Admito que tengo especial habilidad para determinar todas las circunstancias que rodean mi vida, para lograr que las personas hagan mi voluntad sin darse cuenta.

Comprobar que aún seguía teniendo capacidad de seducción me hacía olvidar que estaba al borde de entrar en la ancianidad, si es que no estaba ya metido de lleno cuando tuve ese penoso incidente que me desquició y puso en evidencia la fragilidad en la que vivimos todos, y de la que me creía excluido a causa de mi incurable vanidad. Incluso yo, un hombre supuestamente poderoso, arrogante, prominente, seguro de mí mismo hasta lo inadmisible, me vi a partir de aquel día endeble, inconsistente, a merced de un destino sobre el cual no podía ejercer el menor control. Por primera vez me desazonaba en la cama, aparecieron de golpe graves síntomas de insomnio, mi proverbial salud de hierro se empezó a quebrar, la mayoría de las noches me paralizaba la presencia de aquel cuerpo blanco y desnudo, tan estimado durante los últimos quince años de mi vida, pensaba que por su culpa no podía conciliar el sueño y apenas soportaba su respiración, sus livianos ronquidos, el contacto de su piel. Por suerte, todavía pesaba más la gratitud, por su inestimable compañía en situaciones que difícilmente hubiera podido soportar en soledad, que mi repentina repulsión. De manera que no se dio cuenta de mi desafecto o, al menos, eso he creído hasta los últimos meses. A pesar de todo sigue junto a mí, no quiero desprenderme de ella, porque mi deterioro físico avanza por momentos y me aterra prescindir de sus desvelos.

Hasta el accidente siempre había creído que podía sustituirla con facilidad, de modo que su posible pérdida me era indiferente. Cualquier otra de su misma edad y atractivo físico hubiera podido ejercer sus funciones. A pesar de las apariencias no soy un engreído; sé que gusto a las mujeres, pero en la distancia nadie me considera un seductor. Es cierto que tengo una buena estatura y me esfuerzo en mantener mi cuerpo en forma. Estoy flaco y fibroso. Hago una sencilla tabla de ejercicios cada día y dos veces por semana voy a un gimnasio para fortalecer los músculos. La miopía, que corrijo con lentes de contacto, me ha evitado la presbicia, de manera que no utilizo gafas para leer. Dicen que conservar el pelo, aunque sea blanco, es mejor que ser calvo; distancia a las más jóvenes, pero atrae a las de mediana edad.

Mi supuesto atractivo, sin embargo, no reside en un cuerpo sin defectos pero más bien vulgar, sino en algo que las mujeres advierten a la primera mirada: me catalogan como a una buena presa, aunque escurridiza; soy un poco felino, me dejo engatusar con facilidad, no exijo demasiada entrega y me ven dispuesto al juego amoroso, al galanteo y al constante agasajo. La mayoría, más que machos ardientes, buscan hombres en apariencia manejables como yo. No olvido, desde luego, que ser rico y vivir solo es una tentación irresistible para cualquier mujer que por algún motivo se encuentre sin pareja cumplidos los treinta. Yo las prefiero al borde de los cuarenta, en toda su plenitud, porque si bien no tienen la frescura de los veinte años, son más salvajes en el amor, se desbordan sensualmente y cometen excesos en un último intento de retrasar su declive. Ignoran que les quedan aún diez años de buena vida, incluso algunas siguen siendo hermosas pasados los cincuenta, una edad tan placen-

tera para ciertas mujeres como para nosotros los sesenta, si gozamos de buena salud. Creo que la mayoría
de los hombres comparten mis deseos, tampoco en
esto me siento especial. Quizá lo único que me distin-
gue del resto es que yo me esfuerzo en prolongar los
placeres mientras los otros, a mis años, se conforman
con sobrevivir.

Esa leve diferencia desapareció a raíz de aquel día
que no consigo reconstruir en su totalidad. Una de las
últimas escenas que recuerdo por mis propios medios
es la despedida de María Luisa; iba a pasar el largo fin
de semana en Granada para hacer compañía a su madre, convaleciente de una de sus frecuentes recaídas.
Todavía en aquel tiempo me irritaba prescindir de
ella, de forma especial en la noche del sábado y en la
mañana del domingo, que es cuando disfrutaba más
de sus afectuosos servicios. La cena del fin de semana
suele ser especialmente placentera. A pesar de la rutina, no me canso de repetir una ceremonia que consiste en sentarnos los dos al velador de la terraza, ador-
nado con las copas de cristal de Jerusalén y los cubier-
tos de plata con las iniciales de mi madre, a quien
pertenecen todos mis objetos más queridos.

Vivo en el ático de un rascacielos frente al parque
del Oeste. Desde aquí domino el mundo. El comedor
de verano está situado en la terraza, en un rincón protegido del frío y del viento por la prolongación del invernadero y alumbrado por la luz de unos faroles

del XVI procedentes de la iglesia de San Juan de los Reyes, de los que existe una réplica en los jardines del carmen que poseo en Granada.

La cena se compone de crema de ostras o de berros y cigalas, según los días, langosta templada o pescado crudo servidos por el restaurante japonés que más me gusta de Madrid, champán y, a los postres, helado de canela con grosellas, arándanos, moras, frambuesas y fresas del bosque, mis frutas preferidas junto con la papaya y la chirimoya. María Luisa está convencida de que dicha combinación de alimentos posee propiedades afrodisíacas y procura que nunca me falten, pero lo que verdaderamente me estimula es el ritual, la mezcla de aromas y sabores que han estado ahí desde siempre, de modo especial el sabor de las moras, el olor a jazmín y el perfume de té verde; quiero que María Luisa lleve sólo esta colonia porque me trae recuerdos de las «maderas de Oriente» que empolvaban la cara de mi madre hace sesenta años, cuando se inclinaba sobre mi almohada para darme las buenas noches con un beso.

Tras la sobremesa, ya en la cama, escuchamos alguna sonata de Couperin, de las que compuso para los conciertos que él mismo dirigía los domingos por la tarde en presencia de Luis XIV, o el primer acto de *Acis y Galatea*, un oratorio de Haendel por el que siento especial predilección. Suena el oboe y la voz de un tenor que canta: *«Love in her eyes sits playing...»*

En sus ojos el amor juega y se recrea.
Y provoca dulce desfallecimiento.
En sus labios el amor se desparrama,
y en su aliento susurra.
En su pecho el amor palpita,
y enciende suave ansia;
ninguna gracia, ningún encanto escasea
para inflamar el corazón...

En realidad, entre nosotros dos ya nada se desparrama ni provoca dulce desfallecimiento, nada palpita en su pecho ni inflama nuestros corazones. A lo sumo, un leve juego de besos forzados y artificiosas caricias que, con la ayuda de mi pequeña y milagrosa cápsula rosa y roja de Sedotim, me conduce a un sueño compensador. Es todo lo que pido hasta la mañana siguiente; tampoco ella me exige más. Si logro permanecer tumbado después del amanecer, a las ocho en punto me trae la papaya y el zumo de naranja en bandeja de plata, me llena la bañera de agua olorosa y muy caliente para calmar el lumbago y veo cómo pasea por la habitación su cuerpo desnudo y todavía hermoso.

Cuando la conocí tenía poco más de treinta años, iba torpemente vestida, pero ganaba mucho desnuda. Ahora sucede todo lo contrario, su deterioro físico avanza en la misma medida en que mejora su indumentaria. Quiero decir que, gracias a mis desvelos, he convertido a una joven modesta, provinciana y algo desastrada en una mujer madura, elegante y a la altura de mis circunstancias. Claro que pocos conocen nuestra situación, pues ante la mayoría de la gente María Luisa pasa por ser mi sobrina, sin entrar en más detalles.

Me agrada ver cómo se recompone cada vez que la llevo a almorzar con las escasas parejas de amigos que conocen la verdadera naturaleza de nuestras relaciones. Siento un placer mezquino, lo reconozco, al comprobar que cuanto lleva encima, debajo y hasta por dentro me lo debe a mí. He restaurado a esta mujer durante quince años como si fuera una de mis piezas de orfebrería o de mis tablas góticas. Ha pasado a formar parte de mis pertenencias más queridas, pero de ningún modo es la más valiosa de todas ellas. Quienes me conocen bien saben la infinita devoción que siento por los tesoros que he ido coleccionando a lo largo de toda mi vida.

Te ruego que me perdones, María Luisa, pero si quiero más a alguna de las pinturas que a ti es porque las llevo contemplando desde hace demasiados años y en las noches sin sueño me han proporcionado más placeres que tu cuerpo. He gozado mucho de él, pero nunca hasta el punto de alcanzar el éxtasis que siento postrado ante la Virgen de mi retablo más idolatrado, cuyo bello rostro me recuerda tanto al de mi madre. Rezo cada día ante su imagen divina y celestial, me aflijo hasta las lágrimas, me arrepiento, siento tanto dolor de corazón que noto cómo la Virgen bella, buena y santa borra todos mis pecados.

El dolor de corazón o, más bien, el miedo a padecerlo es una de las secuelas de mi repentina decadencia. Estoy aterrado, no ante la posibilidad de la muerte, sino frente a algo mucho más pavoroso: perder la cabeza para siempre y no como aquel funesto día. En secreto hago pruebas y ejercicios de memoria, repaso teléfonos, fichas de la colección, objetos que guardo en cada una de las casas, acontecimientos recientes, datos históricos, compruebo una y otra vez que no olvido. A nadie le he dicho, ni siquiera a Telma, que se me humedece el cuerpo y rompo a sudar cada vez que se me borra un nombre, una fecha o un detalle de insignificante apariencia.

La demencia senil o cualquier trastorno cerebral que me privase de la plena lucidez serían mi mayor humillación, hasta el punto de que no quisiera haber vivido tanto si el final fuera así. Prefiero quedarme ciego o impotente para siempre antes que perder la razón. Estoy tan aterrado con mi cerebro que presagio una catástrofe inminente sobre la que no voy a decir ni una palabra más. Tampoco me atrevo a hablar de Telma todavía. Es mi pecado más reciente, del que me arrepiento cada día ante la Virgen, aunque sin demasiada convicción, y quizá Ella lo sepa y por eso no me siento limpio.

He sido siempre un pecador arrepentido. Son muchos los que me odian. En una vida larga y plena he cometido excesos irreparables, tanto en favor de quienes pretenden ocultar mi protección como de otros muchos que quisieran cobrarse mis agravios. Todos me inquietan, pero más aún los que intentan borrar mi paso por sus vidas. Estoy convencido de que cuantos me rodean me verán muerto: mis enemigos, mis protegidos, los que viven a mi costa y María Luisa. Me duele imaginar su actitud cuando ya no exista, pero el único pensamiento que en realidad me atormenta es cómo me recordará Telma; probablemente ni siquiera se tome la molestia de asistir al duelo, no sabría a quién dar el pésame, ni rezará por mí, ni me recordará en los aniversarios, ni visitará mi tumba en el cementerio, ni me llevará rosas amarillas, ni mencionará jamás mi nombre ante los demás. Será la única vida por la que pasaré sin dejar huella.

Abrumada por tanta complicidad y pacto secreto, Telma pretende acabar para siempre con la historia clínica de Baltasar Orellana. El viejo barón le roba demasiadas horas, tiene la cabeza llena de remordimientos, sospechas infundadas y confidencias de personajes que le son ajenos. No quiere escuchar más patrañas sobre la querida del ministro, las especulaciones del banquero, los trapicheos de la Audiencia, las cenas en casa del gobernador. Se siente acosada por este anciano ególatra que padece continuos trastornos depresivos y vive pendiente de los latidos de su corazón. Si se le descompone el pulso, cosa que sucede como mínimo tres veces por semana, piensa que se va a morir y lo único que calma su ansiedad es mantener con ella conversaciones telefónicas interminables o, lo que es peor, irrumpir en su consulta, esperar que salga el último paciente y explayarse a gusto hasta que logra tranquilizar su angustia.

Cuando la consulta se prolonga pasadas las nueve

de la noche, lleno de gratitud, invita a cenar a Telma en desagravio por su abuso de confianza, y es tal su poder de persuasión que casi siempre lo acepta. En ese instante desaparece cualquier síntoma de su enfermedad y se transforma en lo que realmente es, un hombre fascinante, fuerte, seductor, con enormes deseos de seguir viviendo. En el transcurso de la velada convence a Telma de que ella es el auténtico milagro, que la necesita para respirar, que se moriría de pena si le privara de sus atenciones y que le debe la vida. Lo extraño es que Telma, noche tras noche, cae en el hechizo.

A la mañana siguiente, Gonzalo, el secretario, le deja en su casa un paquete con una tarjeta de parte de don Baltasar, barón de Orellana:

Queridísima Telma: Acepta este insignificante detalle en prueba de mi eterno agradecimiento. Eres el motor de mi existencia. No te preocupes. Tú, mejor que nadie, sabes la poca vida que me queda. Soporta un poco más a este viejo terminal porque no te molestará durante mucho tiempo. Tuyo para siempre. Baltasar.

Lejos de insignificantes, los detalles son demasiado costosos y un poco vulgares. Primero fue la Mont Blanc de plata, después el Dupont de oro, más tarde el perfume de té verde en un gigantesco envase de litro, todo un exceso, un agobio, un despropósito, y lo último esta pieza de orfebrería que no baja del medio millón. Cómo explicarle que nunca escribe con pluma ni utiliza mechero, él sabe que no fuma, que sólo lleva colonia de baño y que la platería sevillana no le gusta. Debería colgar un cartel bien visible en la consulta: «No se admiten regalos», o decirle a las claras que detesta la ostentación. ¿Chochea? ¿Se ha vuelto definitivamente loco? ¿Pretende comprarla? Con la minuta que le pasa por consulta, la misma que al resto de sus pacientes, se da por satisfecha y no necesita más. Es un disparate malgastar esa cantidad de dinero en objetos de lujo, es más, aborrece la estética rancia de quienes los lucen. No sabe qué hacer para no herirle, pero le indigna que le confunda con una de esas mujeres abominables cargadas de firmas de la cabeza a los pies.

No quiere humillarle, el pobre es tan vulnerable y tan hipocondríaco como el resto de los viejos que pasan por la consulta. Pocas cosas más le diferencian de los otros, quizá su exceso de vanidad, también su talento, su peculiar sentido del humor, su manera de reír... no, no es como los otros, en realidad es un viejo muy especial.

Telma confiesa que le divierten las cenas furtivas en las que comen, beben y ríen más de la cuenta y sus carcajadas los convierten en el centro de todas las miradas, probablemente sospechan que son amantes, sobre todo si al salir del restaurante ella se cuelga de su brazo porque lo necesita para mantener el equilibrio. «Gracias, señor barón, espero que haya sido todo de su agrado. Que tengan una buena noche», y en ese instante él desliza una propina desmesurada en el bolsillo del camarero empalagoso. Muchas noches de otoño el viejo Baltasar acompaña a Telma caminando desde el restaurante hasta su casa. El paseo es breve, rodean la Puerta de Alcalá y en la última calle, Salustiano Olózaga, se despiden con un beso cortés. El chófer los sigue discretamente. La otra noche, sin embargo, pasadas las doce, Baltasar se empeñó en que le tomara la tensión.

—Telma, tengo taquicardia, te lo ruego, déjame subir.

—Lo que tienes es exceso de copas. Vete a dormir, ya verás qué pronto se pasa.

—Te lo suplico, Telma, no me puedo ir así.

—No, Baltasar, no estropees la noche.

—Será un momento, te lo prometo, deja que me tranquilice. Te juro que me encuentro mal.

—Está bien, sube.

La doctora Telma Suárez pasa consulta privada en la entreplanta, el mismo lugar en el que trabajó con su padre, un eminente cardiólogo que, cosas de la vida, murió de infarto a una edad no muy avanzada. Dicen que Telma ha heredado, además de una parte de sus ilustres pacientes, su elegancia y su olfato clínico. Después del divorcio y la muerte de su padre se instaló en la casa familiar, seis pisos más arriba, y la amplió con los seis trasteros del ático que habían ido comprando a lo largo de los años. Su ex marido, un arquitecto con quien mantiene buenas relaciones superado el trance de la separación, habilitó el enorme desván y ahora Telma vive sola, completamente sola, en una casa demasiado grande, en un inmenso dúplex con vistas al Retiro, el querido parque de su infancia.

Hace diez días que no sabe nada de ella. Lamenta haber perdido la oportunidad que le dio aquella noche. Si hubiera sido capaz de abrazarla, probablemente no se hubiera resistido y ahora no se encontraría en este deplorable estado. Sabe que le tiene cariño, incluso le quiere lo suficiente como para no rechazarle. Siente su afecto cuando le toma el pulso, le mira a los ojos mientras le habla, le coge del brazo o le besa al despedirse de él. Le inquieta su salud, y su desánimo le produce ternura, por eso se muestra cada vez más solo y desamparado.

A Telma la preocupó realmente verle tan agitado y, al comprobar que la taquicardia era cierta, consintió que subiera a su casa. Nada más abrir la puerta y encender la luz, Baltasar se sintió en el cielo. Estaba ansioso por conocer el lugar donde Telma había pasado la mayor parte de su vida. Se le aceleraba el corazón y le ardía el cuerpo cuando ella se acercaba. Jamás un nombre le había sonado mejor que el suyo. Telma olía a mar y, al pronunciarlo, parecía protegerle de cualquier tempestad. «Telma, querida mía, llámame —susurraba Baltasar frotando la medalla que tenía colgada en el cuello— aunque sea la última vez, pero no dejes a este anciano perdido y abandonado.» Y en ese preciso instante suena el teléfono.

—Señor —le interrumpe la sirvienta.

—¿Qué quieres, Angelina?

—Llaman por teléfono al señor.

—¿Quién? —Su voz se altera al pensar en Telma.

—Una señorita dice que es de parte del ministro del Interior.

—Está bien... ¿Quién es? —contesta de mala gana.

—¿Es usted, don Baltasar? Le paso al señor ministro —responde una voz femenina.

—Baltasar.

—Dime, ministro, ¿qué tal van las cosas?

—Bien, Baltasar, bien. Ya ves, a estas horas y en el despacho. ¿Y tú, cómo estás?

—Bastante peor que tú. Por cierto, ministro, te doy la enhorabuena por lo del otro día.

—Muchas gracias, Baltasar, debemos felicitarnos todos. Precisamente te llamo por eso, uno del comando llevaba una lista con nombres y, no le des excesiva importancia, pero tú apareces. No quiero alarmarte, pero debo decírtelo: tienen algunos datos tuyos y...

—Me importa bastante poco, en efecto; así que no te preocupes por mí, te agradezco la información...

—Me preocupo, Baltasar, debes tomar algunas precauciones. De todos modos, te voy a poner seguridad durante un tiempo y ellos te darán algunas normas.

—No, ministro, te lo agradezco pero sé cuidarme solo y, además, voy siempre con Gonzalo y el chófer, creo que es suficiente seguridad.

—No hay más remedio, mañana a primera hora los tendrás ahí.

—¿Qué quieres que diga? No lo puedo impedir.

—Lo lamento, Baltasar, pero cumplo con mi deber.

Le espanta llevar escoltas a todas partes. Más que protegido, se va a sentir vigilado. Está seguro de que Gonzalo y López ya le espían lo suficiente como para que encima vengan éstos a privarle de la poca libertad que le queda. Daría lo que fuera por largarse a cualquier lugar donde nadie supiera a qué se dedica y quién es. Perderse con Telma sería la felicidad de su vida. Pobre María Luisa, no quisiera hacerle daño, pero empieza a resultar una carga muy pesada. Le gustaría tanto que le engañase, que se fuera con un hombre, que cualquier día, al regresar de Granada, le dijera: «Baltasar, lo siento, pero me he enamorado de otro.»

Quedarse solo. ¡Qué libertad, Dios mío! Sería un milagro. Está convencido, sin embargo, de que le obligará a cargar con ella el resto de sus días, aunque afortunadamente no serán muchos. Ahora recuerda que hace tres años le prometió amor eterno, pensando que esa eternidad no duraría demasiado tiempo. Creía entonces que las mujeres habían dejado de interesarle de forma definitiva o, mejor dicho, ninguna se fijaría en un viejo carcamal como él. No sabía que existía una mujer como Telma capaz de obsesionarle hasta la locura. Se sentía patético, pendiente del teléfono a cada instante, inventando disculpas de adolescente para alejar a María Luisa y procurando que nunca estuviera junto a él cuando recibía una llamada. Su presencia le impide pensar en ella. No pretende ser cruel, en ningún momento quisiera menospreciar a María Luisa, pero no le debe nada. Cuando la conoció era muy poquita cosa y ahora, gracias a él, se ha convertido en una persona distinguida. Pero su presencia le aburre, le irrita y le fastidia un poco más cada día.

Sobre la mesa del funcionario se acumulan diversos ví-
deos, grabaciones magnetofónicas, transcripciones de
las cintas, pruebas número 10, 11 y 12, y un amplio
dossier que recoge detalles precisos de la vida de Baltasar Orellana. Como todos los lunes, hacia las 11.30
se dispone a examinar la documentación mientras
toma el segundo café de la mañana. Son informes te-
diosos, monótonos, sumamente aburridos. El senador
sale, el senador entra, el senador habla por teléfono...
clientes, banqueros, políticos, mujeres... no hay sor-
presas, nada que no se sepa.

INFORME DE LA UNIDAD DE SEGUIMIENTO NÚMERO UNO.

*Noche del jueves. El senador estuvo cenando con la docto-
ra Suárez en el Club 33. El salón estaba lleno y a causa de
un fallo técnico, no fue posible captar la conversación durante la cena. Se los veía especialmente alegres y divertidos.
Llamaban la atención del entorno. Salieron del restaurante*

a las 12.10 horas. Estaba esperándolos el coche del senador, quien dio instrucciones al chófer para que los siguiera a distancia. La doctora iba colgada literalmente de su brazo, llegaron al portal de la calle de Salustiano Olózaga y, tras una breve conversación, entraron ambos a la vivienda de la doctora. Ante el imprevisto (es la primera vez, desde que practicamos el seguimiento, que el senador entra en la casa) sólo fue posible establecer vigilancia exterior. El chófer estuvo esperando en la puerta 55 minutos, hasta que salió el senador con leves síntomas de ebriedad o, para ser más precisos, de llevar varias copas de más. Se introdujo en el coche y se fue a su domicilio.

La lectura de los informes le deja un sabor amargo, sensación de fracaso, expresión de asco, obstrucción cerebral, la cabeza llena de esa mierda de vida, eso sí, más importante que la suya o tan sólo más cotizada, pero duda mucho del valor de este hombre que sabe de leyes, de política, de pintura, cosas todas ellas que él ignora, y, sin embargo, le ve tan destruido que a pesar de su fortuna no se cambiaría por él, aunque quizá le gustaría probar unos días para saber si los poderosos son realmente más felices o disfrutan mejor de las cosas o se mueren de tedio como todo el mundo. Su caso es del montón, un trabajo cualquiera, lo único que cambia tal vez es la notoriedad del personaje, pero no entiende por qué le siguen los pasos tan minuciosamente. Al no haber materia de infidelidad, adulterio, traición política, espionaje, sólo queda el dinero; le siguen por dinero, quizá alguna operación fraudulenta de fuga de divisas o blanqueo de capital, pero no tiene pinta de jugar demasiado sucio. Para qué iba a arriesgarse a estas alturas de su vida, sin herederos y con tantos millones que no podría gastarlos por mucho que viviera. Pero a los agentes, por muy alto que sea su rango, no acostumbran a explicarles el motivo final de las sospechas porque la investigación quedaría viciada. Es necesario detenerse en los detalles, tirar del hilo más insignificante, seguir cualquier indicio por nimio que parezca, apuntar nombres, números de teléfono, frecuencia de las llamadas, palabras inusuales, y así hasta el aburrimiento. Ése es su oficio y por eso le pagan. Le importa poco si este viejo verde se tira a la doctora o al ama de llaves, si se pone ciego de alcohol o se mete coca; lo que quiere saber precisamente es el motivo de la investigación para no dar palos de ciego o pasos en falso.

Más informes, esta vez sobre las llamadas recibidas en el despacho de Orellana al día siguiente, todas ellas rutinarias, incluso la que figura a continuación, a pesar del aparente misterio. Un tal Pozas, desde Ginebra, pregunta por Orellana. No hemos podido localizar el número al realizar la llamada desde una cabina pública. El senador advierte al tipo que no entre en detalles y sea precavido. No es de extrañar pues lo hace habitualmente. El tal Pozas dice que enviará instrucciones precisas a través del banquero para llevar a cabo la «entrega administrativa de los fondos». Orellana le aconseja que «no pierda de vista la pieza» y le asegura que tiene el firme compromiso del destinatario de que nadie actuará contra él y le garantiza la seguridad, siempre que no ponga los pies en territorio español durante un tiempo. Se despiden. Espero sus noticias, Pozas. Un saludo, Orellana, seguiremos en contacto. Ni siquiera imagina por qué semejante conversación puede ser motivo de sospecha, pero, sin duda, lo es.

El resto de las llamadas carecen de importancia; clientes habituales, la señorita Hernández que llama dos o tres veces seguidas, y también un recado del gobernador que convida a los amigos a una cena con sus respectivas mujeres el próximo sábado a las diez de la noche en el reservado de El Bosque. ¡Valiente pájaro éste también! Y a las ocho en punto de la tarde, mira que es meticuloso, sale del despacho camino de su domicilio, se desvía por la calle de Serrano, el chófer para en la joyería Suárez, donde el senador permanece durante diez minutos, compra un pequeño objeto, se guarda el paquete en el bolsillo y regresa a su casa, de donde no sale hasta la mañana siguiente.

Grafomanías
(18 de septiembre)

No quiero parecer un libertino. Mis historias se han vuelto irreconocibles al pasar de boca en boca. Me asusta la cantidad de personas diferentes que los demás ven en mí. Nunca tuve esta necesidad compulsiva de escribir, rastrear cada rincón del cerebro, reconstruir detalles imperceptibles de la memoria, hurgar en mi existencia. Es imposible vivir sin recuerdos. Sufro momentos de pánico cuando intento rememorar las mujeres que pasaron por mi vida; han sido muchas, pero no tantas como para olvidar sus nombres. Intento visualizar la habitación donde estuve con una de esas mujeres a las que he amado recientemente, pero sólo recuerdo caricias placenteras, cierto olor en la almohada, detalles inconexos de una conversación sobre un cuadro. ¿Qué fallo se ha producido en mi cerebro para olvidar el rostro de esa mujer? Al entrar en un lugar desconocido, todos hemos tenido alguna vez el extraño efecto de haber estado antes allí; siempre percibimos algo que nos produce una falsa sensación de recuerdo. Quizá esa mujer pertenece a un sueño irrecuperable, pero entonces no debería formar esta gran laguna en mi memoria.

Los médicos me han diagnosticado una amnesia temporal de carácter leve, pero la resonancia magnética confirma que no ha causado la menor lesión cerebral. Según cuentan, a partir de cierta edad se producen con frecuencia paréntesis memorísticos sin importancia, amnesias fugaces que no alteran los recuerdos más antiguos almacenados por orden cronológico en la llamada memoria episódica. Se puede borrar, a lo sumo, algún suceso reciente que no ha llegado a consolidarse; quizá la referida conversación sobre el cuadro. Me inquietan aún más, sin embargo, cuando tratan de analizar su origen; posiblemente ha sido provocado por un golpe, un fuerte impacto visual o un esfuerzo físico que me ha hecho contraer los músculos, contener la respiración y cargar la presión en el pecho y en el cuello, impidiendo por unos instantes que la sangre riegue mi cerebro. No admito ninguna de las tres causas y, además, no es el único agujero que ensombrece mis pensamientos.

Me siento demasiado frágil. Hace sólo unos meses tenía una salud extraordinaria y me sobraban fuerzas para atender personalmente a los principales clientes del despacho, para interesarme por algunos asuntos de Estado en los que me han pedido mediación y, desde luego, para disfrutar de la comida y deleitarme en el amor, pero ya ni siquiera me atraen esos ratos de esparcimiento. Nadie sabe qué fue; aunque debió de ser importante lo que me privó de la razón durante veinte horas y me ha restado tanto interés por la vida. Empleo todas mis fuerzas en rescatar los recuerdos que aún no doy por perdidos, pero es un ejercicio infructuoso que me deja exhausto, en un estado deplorable, incapaz de atender el resto de mis obligaciones. Lo peor de esta ingrata rutina es que los sucesos más traumáticos de mi vida traspasan la barrera de los sentidos y se aparecen como fantasmas o espíritus turbios, oscuros y malignos, capaces de provocar pesadillas que me trastornan para el resto del día. ¿Por qué no me despojas, Dios mío, de estos malditos recuerdos?

De nada vale seguir engañándome. He llevado siempre una doble vida, torturado entre lo que soy y lo que quise ser, sometido al chantaje permanente de unas reglas que no puedo cumplir. Creo, sinceramente, que la tentación no está hecha para resistirla, sino para caer en ella y arrepentirse cuantas veces sea necesario. He tenido la desgracia de enamorarme únicamente en tres ocasiones a lo largo de mi vida; las dos primeras experiencias fueron un fracaso y está a punto de serlo la tercera. Jamás me he sentido tan vulnerable frente al sufrimiento como cuando estoy enamorado; ahora lo estoy, me temo, y por eso me aqueja esta melancolía.

El hecho de que me gusten tanto las mujeres no me convierte en un depravado. Del mismo modo que no puedo controlar mis pesadillas ni mis deseos, tampoco puedo controlar mis erecciones. El erotismo es una forma de comunicación; el sexo es la razón esencial que condiciona y dirige la mayoría de nuestros actos. Dios me perdone, pero mi comportamiento sexual ha transcurrido al margen de mi moralidad, lo cual me parece bastante saludable. Quiero decir que es posible ser promiscuo y bondadoso al mismo tiempo. Sé de muchos canallas que apenas practican el sexo o se conforman con una sola mujer. Soy católico practicante y por eso admito que he pecado reiteradamente contra el sexto mandamiento, pero jamás lo confieso porque carezco de remordimientos y, sobre todo, de propósito de enmienda. Dios no suele perder el tiempo prohibiendo lo imposible o condenando lo impensable. Seguiré pecando cuantas veces pueda, porque lo considero un asunto privado entre Dios y mi conciencia; espero que sea indulgente. El drama es que no puedo pecar desde hace un tiempo.

Temo que éste sea el preludio de la muerte. No puedo hacer planes a medio plazo, me veo forzado a medir el tiempo en unidades muy pequeñas, el porvenir no existe cuando llega la hora de olvidar lo que uno ha ido aprendiendo a lo largo de la vida. Un amigo me decía siempre que la vejez no es más que ir dejando poco a poco de correr, de andar, de comer, de beber, de leer y hasta de amar, y en dicho instante la muerte se convierte en una posibilidad más atractiva que la vida. Espero que ese trance tan penoso como inevitable sea lo más digno posible. Así como pido que nadie prolongue de forma estúpida mi final, deseo que traten mi cadáver como se merece; no lo lleven al tanatorio, no lo incineren, no lo despachen apresuradamente; por el contrario, quiero estar córpore in sepulto cuando recen por mi alma; un entierro lento y funerales largos. Ésa es la única manera de morir en paz. Lo dejo escrito. Así lo dispuse hace unos días, cuando me di cuenta de que ni siquiera yo soy inmortal.

Pero todavía estoy vivo, por fortuna, y me quedan algunas certidumbres. Si fuera posible, me gustaría vivir quince años más en plenas facultades y después que me fulmine un rayo mientras hago algo que merezca la pena. Ya me he resignado a olvidar ciertas cosas, incluso a destruir parte del ego que he ido alimentando con tanto afán durante mi vida, pero el día que pierda la esperanza de amarte estaré muerto.

Con el propósito de evitar su olvido le he regalado una pequeña pieza de orfebrería, bellísima y muy valiosa, que me devuelve sin ningún miramiento.

Querido Baltasar: Agradezco mucho tu buena intención y todos tus desvelos pero es un objeto demasiado costoso, no sabría dónde ponerlo ni qué hacer con él y me incomoda tenerlo guardado en una caja fuerte, de manera que consérvalo tú, que sabes disfrutarlo en todo su valor. Gracias de verdad y, si puedes, discúlpame.

TELMA

Me he enfurecido tanto que le he enviado una breve carta con todo mi desdén.

Queridísima Telma: En uno de mis viajes a Sevilla compré esta pieza exclusivamente para ti, pensando que sabrías apreciar su gran belleza, sin darme cuenta de que tu soberbia, tu engreimiento, tu erróneo sentido de la dignidad te han llevado a confundir la sinceridad con la mala educación. Sigue aferrada a tu madeja de prejuicios y quédate con tu cacareada autosuficiencia de mujer libre. Disfruta de tu soledad. Atentamente.

BALTASAR

Acaba de telefonear, supongo que para pedirme disculpas, pero le he dicho a Gonzalo que no voy a responder a sus llamadas. Resistiré lo que pueda sin hablar con ella. Hago intentos por olvidarla, de lo cual me arrepiento porque me queda muy poco tiempo para desperdiciar con mi orgullo una relación tan escasa, tardía y decisiva en estos últimos años de mi vida.

María Luisa se había puesto los pendientes de zafiro y el vestido gris que le regaló Baltasar por su cuarenta y siete cumpleaños. Eran las nueve en punto y estaba esperando que la recogiera en su casa para ir a cenar a El Bosque cuando recibió una llamada de Gertru, su secretaria, diciendo que a don Baltasar le había surgido una reunión imprevista en el ministerio y que no le esperase, pues probablemente se retrasaría hasta después de la medianoche.

«¡Maldito imbécil! ¡Viejo asqueroso! —masculló llena de rabia—. No se entera de que ya no es posible engañarme. ¿Dónde piensa llegar con esa Telma? No sabe lo ridículo que está, cuando sale de la cama, con esos muslos pálidos de pollo desplumado, sin pelos, la piel cuarteada y blanda, por más rayos UVA que se meta en el cuerpo, anda a ver si le da un cáncer y se queda seco, este cabrón que no ha querido nunca a nadie, sólo falta que se largue ahora que está a punto de cascar y me deje en la puta calle después de aguantarle toda la vida. Una reunión imprevista, será cretino, como si yo no estuviera al tanto de sus imprevisiones. Te vas a enterar, viejo de mierda.» Acto seguido, se tiró sobre la cama y rompió a llorar.

Desde luego no era la primera vez que la dejaba plantada, pero nunca, como ahora, le había visto enloquecer de esa manera por otra mujer. Estuvo encoñado con varias fulanas de lujo, también con la querida de uno de sus mejores amigos, pero la cosa no pasaba de unas cuantas noches y si te he visto no me acuerdo. Nunca como ahora se había obsesionado con una que, además, le daba marcha a todas horas. Quizá fuera el motivo de su ridícula pasión que no le hiciera suficiente caso, siempre acostumbrado a que todos hagan su santa voluntad. Desde que la conoció se había convertido en un ser patético, ausente, pesaroso, torpe, pasmado; le habían caído de golpe un montón de años. No tenía arreglo, parecía dispuesto a todo por esa mosquita muerta —se lamentaba entre sollozos—, qué vería en ella, tan escurrida, no vale un pimiento, aunque ésas son las peores. Sonó el teléfono de nuevo.

—¿Quién es? —preguntó con voz firme.

—María Luisa, he terminado antes de lo previsto. No nos da tiempo a cenar, pero voy a buscarte. Estoy en el coche.

—No quiero ir a ninguna parte.

—Yo tampoco, pero tomamos algo y nos vamos a dormir.

—¿Es que no me entiendes? No quiero verte, Baltasar.

—No te enfades, cielo, llego en cinco minutos, no vamos a discutir por teléfono.

Tenía que recomponerse, no quería que la viera así, despeinada, con el rímel corrido, llorosa, moqueando y ciega de rabia. Lo más ofensivo era su seguridad; hiciera lo que hiciera, sabía que a estas alturas no tenía más remedio que aguantar, no iba a tirarlo todo por la borda. Unos sollozos, una bronca, unos cuantos reproches y poco más. A la mañana siguiente, un pequeño detalle, un anillo, una pulsera, un broche, y asunto acabado. Se empolvó la nariz, se retocó los labios y la raya de los ojos.

«Esta vez no voy a tolerar la farsa —seguía mascullando mientras le esperaba—, no me mientas, lo sé todo, imbécil, estoy al corriente de tus andanzas con esa mujer, si crees que me vas a engañar estás muy equivocado, no estoy dispuesta a quedarme encerrada en casa mientras tú te diviertes con otra, canalla, eres un canalla, no tienes perdón de Dios...» Ringgg... Cada uno tenía la llave de la casa del otro, pero habían pactado llamar siempre al timbre y utilizarla sólo en caso de necesidad. Era lo establecido y no había más remedio que aceptarlo. Antes de abrir hizo esfuerzos por controlar la rabia; el dolor siempre le dio mejores resultados que la indignación. Baltasar se quedaba sin argumentos frente a una víctima como ella y, al menos, lograba crearle mala conciencia, que se arrepintiera y le pidiera perdón.

—Hola, cariño, lo siento. Le dije a Gertru que te avisara... He tenido una reunión un poco tensa con...

María Luisa le interrumpió y se puso a gritar sin control:

—No puedes hacerme esto. Me estás torturando. No tienes derecho a maltratarme...

—Por Dios, no grites así, se van a creer que te estoy matando.

—Me importa poco que se enteren los vecinos. Todos saben quién eres y cómo me tratas.

—Cálmate, María Luisa, ¿por qué te pones así? No entiendo lo que te pasa.

—¿Qué me pasa? ¡Oh, Dios mío! ¡Cómo puedes ser tan falso, sabes bien lo que me pasa!

—Te aseguro que no tienes motivos para estar así, tranquilízate, cariño, no quiero verte sufrir.

—No te importo nada, te importa muy poco que sufra...

En este punto rompió a llorar desconsoladamente y otra vez los ojos embadurnados y el hipo y la voz entrecortada.

—No me quieres... ya no me quieres... si me quisieras, no me harías tanto daño...

Y él, aterrado, sabiendo lo que se le venía encima, Gonzalo abajo en el coche, la escena repetida tantas veces, soportando los reproches de siempre, esa retahíla de palabras que sólo sirven para distanciarle, lacerarle, hacérselo difícil, obligarle a fingir todo el tiempo, hasta que no pueda soportar más su habilidad para lograr que se sienta culpable de todos los males de este mundo.

—Mira, María Luisa, tú sabes que te quiero, pero no voy a tolerar ni una sola escena más. Tienes que aceptarlo. Muchas veces necesito estar solo, hacer lo que me dé la gana, sin darte explicaciones a cada paso y menos a estas alturas de mi vida.

—Eres un egoísta, un ególatra insoportable. Nunca piensas en los demás, ni en mí ni en nadie que no seas tú mismo. Está bien, haz lo que quieras, eres muy libre, pero a partir de ahora no esperes que siga siendo tu esclava, yo también pienso hacer lo que me dé la gana...

¡Cielo santo! Si fuera cierto. Si le dejara en paz, si pudiera perderla de vista, al menos durante un tiempo. ¡Oh, sería maravilloso! Con un poco de suerte podría encontrar uno a su medida. Soñaba con el día en que pronunciara la frase: «Lo siento, pero hay otro hombre en mi vida.» Tendría que tragarse la respuesta más apetecida: «Mi querida Malu, no sabes cuánto me alegro, me acabas de hacer el hombre más feliz del mundo. Que te vaya muy bien y que Dios te proteja.» Bueno, realmente no sabría qué decir en esa situación. Se le notaría tanto la alegría que no podría reprimirse y entonces ella se ofendería. ¡Qué espanto! Si le viera tan contento, podría arrepentirse y echarse atrás y... Pero no, no se hace ilusiones. Aunque todavía no ha perdido la esperanza, sabe que cada vez es más difícil.

«No hay manera de desprenderme de ella, a no ser que la mate —piensa Baltasar mientras rehúye su mirada—. Sería incapaz de matarla, pero si tuviera un accidente... ¡Qué horror! ¡Qué ideas tan siniestras!... Me siento un canalla. Menos mal que se me pasa cuando la veo así. Pobrecita, ahí está, frenética, llena de ira, humillada, con la carita sucia, tan fachosa, se está haciendo mayor, infeliz... La verdad es que le deseo toda la suerte del mundo, pero lejos de mí, cuanto más lejos mejor, no la soporto más. Llevo casi diecisiete años soportándola.»

La noche en que Baltasar conoció a María Luisa acababa de morir su tío Vicente, el único miembro afortunado de la familia, que tras quince años de exilio en Bélgica regresó a Granada con la experiencia y el dinero necesario para instalar una tienda de antigüedades. Uno de sus mejores clientes era el barón de Orellana, al que, además de los negocios, le unía una buena amistad. Vicente hacía frecuentes viajes a Amsterdam para visitar a su única hija casada con un holandés, pero la gente sospechaba que era sólo una disculpa y en realidad se dedicaba al tráfico de obras de arte. Lo que nadie sabía a ciencia cierta era la procedencia de las piezas de platería religiosa y profana que el anticuario ocultaba en una trastienda a la que sólo tenían acceso unos cuantos clientes. Baltasar se quedaba embelesado contemplando esas vitrinas repletas de hisopos, relicarios, atriles, palmatorias, cálices, incensarios, candeleros, cruces de altar, juegos de aguamanil, demandas, custodias, arcas eucarísticas, coronas de imágenes de la Virgen, jarros, fuentes de plata y oro que brillaban a la luz de la linterna.

En más de una ocasión, el anticuario fue inspeccionado por denuncias de algún cliente suspicaz, aunque salía airoso de cada prueba, pues siempre encontraba la forma de certificar los objetos que supuestamente procedían de casas de aristócratas arruinados, claustros monacales o pequeñas capillas cuyo párroco se había visto en la necesidad de vender para restaurar la iglesia. Casi toda la platería del anticuario era renacentista o manierista, por tanto estaba justificada la ausencia de marcaje, lo cual era una ventaja a la hora de falsificar la legalidad de su origen.

Baltasar era experto en platería sevillana y visitaba con frecuencia al anticuario, pero jamás se había fijado en María Luisa, empleada en la tienda de su tío para trabajos rutinarios. Casualmente se encontraba en Granada cuando le comunicaron la muerte de su amigo Vicente y fue a la casa donde, entre otros familiares, se encontraba su sobrina, que parecía muy desconsolada. Baltasar preguntó de quién se trataba y, al verla tan afligida, se dirigió a ella.

—Yo era muy amigo de su tío Vicente, una gran persona, le doy mi más sentido pésame.

—Se lo agradezco mucho, don Baltasar —le respondió María Luisa dándole un fuerte apretón de manos.

La sobrina no lloraba de pena, sino de rabia, porque la muerte de su tío el anticuario, el único de los

Hernández que logró hacer fortuna, acabó con su esperanza de heredar aunque sólo fuera una pequeña parte de sus bienes. No le tenía el menor cariño. Aquel viejo intratable y mezquino dejó la tienda con todos los tesoros a su única hija que, ya casada con el holandés, se desentendió para siempre de su familia en España. Al sentirse tan enfermo, Vicente llamó a su hija para que le acompañara en los últimos días y, semanas antes de su muerte, llegó el holandés con su abogado para realizar los trámites oportunos con el fin de poner a la venta la tienda de antigüedades. Así que María Luisa se quedaba sin herencia, sin trabajo y sin la posibilidad de encontrar otro medio de vida. Cuando se le acercó Baltasar Orellana no dudó un instante en aparentar el dolor que no sentía.

—Sé cuánto le apreciaba mi tío. Me hablaba mucho de usted. Cómo agradezco su consuelo en estos momentos tan dolorosos, don Baltasar.

Aún no sabe cómo le salieron las primeras lágrimas sin apenas esfuerzo, ni siquiera por qué se transformaron en llantina incontenible cuando Baltasar Orellana le apretó las manos y le hizo saber que estaba a su entera disposición.

—Cualquier cosa que necesite, no dude en acudir a mí —le dijo mientras anotaba el número de su teléfono particular en una tarjeta con las señas de su despacho en Madrid.

No dejó pasar la que intuía iba a ser la mejor oportunidad de su vida. El barón de Orellana era granadino, pertenecía a una familia de aristócratas extravagantes y tenía uno de los mejores bufetes de Madrid, al que acudían políticos, financieros y afamados delincuentes. Circulaban muchos chismes por Granada sobre el origen de su inmensa fortuna, de la cual formaba parte una magnífica colección de pintura. No sabía mucho más de aquel hombre, excepto que tras la muerte de Franco —según le contó su tío Vicente— fue designado senador real, tenía fama de seductor con las mujeres, era exquisito y culto, autor de varios tratados jurídicos y de una interesante biografía sobre Napoleón.

María Luisa llamó a casa de Baltasar Orellana antes de que se cumpliera un mes del entierro. Tras ponerle al corriente del testamento de su tío y de la decisión de su prima, le pidió ayuda para encontrar algún trabajo en Madrid, pues sabía lo bien relacionado que estaba con el mundo del arte y quizá le fuera fácil emplearla en algún museo, en una galería o en cualquier otro sitio donde pudiera continuar lo que ella llamaba su vocación. Le pidió mil excusas por el atrevimiento, pero antes de que tuviera tiempo de despacharla con cualquier evasiva le dijo que la próxima semana tenía previsto viajar a Madrid para asistir a la boda de una amiga y, si no le importaba, iría a verle al despacho. Baltasar, muy caballero, la invitó a almorzar a su casa al domingo siguiente, donde podrían hablar con más tranquilidad.

Los cinco días anteriores a la cita, María Luisa se empleó a fondo en mejorar de aspecto con el fin de aparecer radiante en la casa de quien, sin duda, iba a ser su protector. Ya tenía a sus espaldas más de treinta y un años y numerosas frustraciones. Estaba informada de que, a pesar de sus cincuenta y cuatro años, Baltasar Orellana era soltero, de manera que no estaba dispuesta a desaprovechar este golpe de suerte, el primero después de mucho tiempo. Se sentía lo suficientemente guapa, fuerte y astuta para seducirle, del mismo modo que hizo con su último fracaso, un conocido empresario de Sevilla al que abandonó cuando supo que, a pesar de sus promesas, jamás se divorciaría de su adinerada esposa.

Llegó, al fin, el ansiado domingo. María Luisa nunca olvidaría aquella mañana soleada y fresca de principios de otoño. Grupos de turistas paseaban ociosos por la Gran Vía y se paraban ante los escaparates de las zapaterías. Había gente sentada en las terrazas tomando refrescos, cervezas, almendras, aceitunas y patatas fritas, mientras charlaban o leían el periódico. María Luisa los miraba desde el interior de un bar donde estaba matando el tiempo para llegar puntual a la cita. Tan sólo conocía unas cuantas calles de Madrid, las que rodeaban la vieja estación de Atocha, el Museo del Prado, que había visitado en tres ocasiones, y el hostal de San Bernardo, donde se alojaba. En esta ocasión miraba de otro modo la ciudad; ni le daba miedo ni se sentía extraña. Quería abandonar lo antes posible Granada, perder de vista a sus novios ahora convertidos en padres de familia, a sus antiguos amantes, a sus presuntas amigas, a las chismosas vecinas que le iban con los cuentos a su madre, la maldita tienda donde se llevó tantos desengaños. Al principio era un auténtico placer enseñar la Alhambra a los clientes del anticuario. Si tenían menos de cuarenta, se esmeraba en mostrarles sus conocimientos, pero la mayoría eran vejestorios carentes de interés. Al saber que no iba a sacar nada de su tío, le pidió a su ex amante que le buscase un trabajo en Sevilla y el empresario le prometió que lo haría. Estaba muerta de aburrimiento cuando apareció en su vida Baltasar Orellana. Desde ese instante tuvo la certeza de que dejaba atrás la desolación de los últimos años.

Salió a la calle, paró un taxi y pidió que la llevase al paseo del Pintor Rosales.

—¿Está muy lejos? — preguntó al taxista.

—No, señorita, a tres minutos. Ojalá siempre fuera domingo para circular así por Madrid.

No tenía ganas de hablar con aquel taxista charlatán. Cruzaron la Gran Vía a toda velocidad, entraron en Princesa, hicieron un giro prohibido en Altamirano hasta llegar a Rosales. Le daba el viento en la cara mientras trataba de imaginar el encuentro. Dejó una buena propina y bajó del coche. Al poner el pie en el suelo le temblaban las piernas y sintió vértigo. La casa de Baltasar estaba unos cuantos números más atrás, miró hacia lo alto del rascacielos y vio árboles en una inmensa terraza que probablemente sería la suya. Antes de entrar en el portal tomó una nueva bocanada de aire fresco y llamó al timbre.

—¿Quién es? —preguntó una mujer con voz cascada.

—Soy María Luisa Hernández.

En el ascensor le dio tiempo a retocarse los labios, colocarse el pelo y sacar el cuello de la camisa por encima de la chaqueta. Llenó de nuevo los pulmones y, al llegar al último piso, una mujer mayor, muy seria y pulcramente uniformada, esperaba con la puerta abierta.

—Buenos días, sígame, por favor.

Apenas tuvo tiempo de echar un vistazo al lujoso recibidor, una de cuyas puertas conducía a la terraza. Estaba nerviosa, excitada y más deslumbrada de lo previsto.

—Señor —anunció la vieja criada—, la señorita ha llegado.

El barón de Orellana dejó el periódico sobre la mesa, se levantó del sillón con agilidad y de una zancada llegó hasta ella.

—¿Qué tal, María Luisa? —dijo mientras le daba un fuerte apretón de manos—. Has venido en un día espléndido.

—Sí, sí, hace muy buen tiempo —balbuceó.

No le recordaba tan atractivo. Le conoció en circunstancias demasiado solemnes y no podía imaginarlo sin el traje gris, la impecable camisa blanca y la corbata de rayas oscuras. Vestido de manera informal, pantalones azules de pana gruesa, jersey celeste con camisa de cuadros y el pelo algo más largo, había rejuvenecido diez años. Le miraba llena de incredulidad. Era un sueño que alguien así se fijase en ella, mejor dicho, que hubiera tenido el detalle de invitarla a su casa. De todos modos, estaba allí, frente a él, y se sentía observada por aquel hombre poderoso, inteligente y cautivador.

—Le he pedido a Angelina que nos sirva la comida en la terraza. Si te parece bien, tomaremos aquí el aperitivo.

—Como usted quiera, don Baltasar —respondió ella con la sensación de haber metido la pata.

No se equivocaba. Él la miraba de un modo distinto a como lo había hecho la noche del duelo.

—Por favor, no me llames de usted, me haces sentirme viejo.

Se dio cuenta de que la observaba. Notó cómo la mirada de aquel hombre recorría todo su cuerpo y en seguida reaccionó. Empezaba a perder la rigidez, a sentirse más segura, a encontrarse como una invitada muy especial en aquel fascinante lugar donde vivía Baltasar Orellana. ¿O acaso cualquier mujer tenía acceso a su mundo? Quizá tuviera la costumbre de almorzar los domingos con gente en su casa y lo suyo no fuera nada especial. ¿O sí lo era? Estaba junto a ella, seguía mirándola de manera inconfundible, como mira un hombre a una mujer hermosa, y de pronto se sintió halagada y un poco aturdida por la intensidad de esa mirada. Se aproximó a la barandilla para disfrutar del espectáculo que se contemplaba desde lo alto del rascacielos, puso la mano sobre la madera caliente, junto a la de él, y se estremeció al sentir que la rozaba.

—¿Tienes calor? ¿Quieres quitarte la chaqueta? —le dijo sin apartar la vista de su espalda.

—No, gracias, estoy bien así. ¡Es maravilloso! —exclamó llenando de aire sus pulmones.

Miró descaradamente el escote que se insinuaba tras la blusa de seda cruda. Se sentía orgullosa de su pecho y de sus piernas firmes de tobillos anchos. Iba enfundada en un traje gris, entallado en la cintura, con la falda ajustada y corta, medias negras y zapatos de tacón de aguja. La melena rubia y larga adquiría un precioso tono dorado a la luz del sol. Era, sin duda, una mujer espléndida.

—Me alegro de que te guste tanto.

—De verdad, me entusiasma. Nunca había visto Madrid desde tan alto —dijo María Luisa.

—Además, has tenido la suerte de venir en uno de los mejores días. El otoño es la estación que más me gusta, especialmente desde aquí. Fíjate los infinitos tonos que tienen las hojas de los árboles y los rayos de sol cómo se cuelan entre las ramas. Mira cómo brilla el césped.

—Es impresionante. ¿Hace mucho tiempo que vives en esta casa? —le preguntó, tuteándole por primera vez.

—Sí, mucho tiempo. ¿Qué quieres tomar? Angelina prepara unos espléndidos dry martini. ¿Te gustaría probarlos?

—Bueno, pero sólo uno.

—¿Qué tal la boda de tu amiga?

—Muy bien, muy divertida.

La boda era un invento, pero tenía diversas respuestas por si Baltasar entraba en detalles. Se acomodaron en los confortables sillones de médula, repletos de mullidos almohadones blancos, y brindaron por su primer encuentro.

—Bueno, tienes que contarme un poco de tu vida en Granada.

Vació la copa en tres o cuatro sorbos, pidió otra, y empezó a hablar con mucha soltura. Era hija única, fue a un colegio de monjas, empezó a estudiar Filosofía, pero al morir su padre, cuando ella tenía veinte años, tuvo que dejar la facultad y su tío la empleó en la tienda de antigüedades. Le encantaba el arte y asistía a unos cursos de la universidad a distancia. De vez en cuando trabajaba como guía para grupos de estudiantes extranjeros. Hacía cinco años que dejó la casa de su madre para vivir sola en un apartamento, aunque se ocupaba mucho de ella porque estaba delicada. Le hubiera gustado poner su propio negocio de artesanía a la entrada de la Alhambra, como el que tuvo su padre, pero todos los proyectos se derrumbaron con la muerte de su tío y la canallada que le hizo la prima de Holanda.

Apareció Angelina para anunciar muy ceremoniosa que la mesa estaba servida.

—¿Pasamos al comedor? —preguntó Baltasar.

Le inquietaba el silencio de Baltasar y nada más sentarse a la mesa siguió hablando. Lo había pensado bien. Así que estaba decidida a venirse a Madrid, porque en una ciudad grande siempre habría más oportunidades. Por eso le llamó, pensando que él podía ayudarla a emprender una nueva vida. Se calló de repente, como si fuera el final de un discurso muy elaborado. Se produjo de nuevo un silencio incómodo.

—¿Tomas vino blanco o prefieres tinto?

—Creo que he tomado muchos martinis, quiero un poco de agua, si no te importa.

El comedor estaba en un rincón, cubierto por un toldo blanco, junto a la mampara del invernadero, rodeado de enormes jardineras llenas de plantas. Un par de palmeras acentuaban el aspecto tropical y selvático de la gran terraza que rodeaba parte del edificio. Debía de ser una casa enorme. No podía imaginar que viviera siempre solo en esa mansión. ¿Cuántas mujeres habrían compartido su vida? ¿Por qué seguiría soltero? ¿También era hijo único? ¿Vivían sus padres? Aunque le fastidiaba tanto misterio, no se atrevía a preguntar. Contra su voluntad, le llenó la primera copa de un vino delicioso, blanco y frío, que bebió sin respirar apenas. La llenó una vez más. María Luisa miró el plato de bogavante con suma inquietud; no sabía cómo enfrentarse a semejante bicho. Al darse cuenta de que la cabeza y el caparazón de la cola estaban cuidadosamente desprendidos, dio un suspiro de alivio y empezó a paladear la segunda copa de vino. La charla que mantuvieron durante la comida fue de lo más intrascendente. Él aparentaba mucho interés y de vez en cuando indicaba con la cabeza que comprendía su situación. Cuando le dijo que hablaría con alguno de sus amigos para encontrarle un lugar adecuado, quizá en la fundación o en algún organismo cultural, María Luisa se quedó tranquila.

Era cierto que había tenido una reunión imprevista en el ministerio. A las siete de la tarde recibió en el despacho una nueva llamada del ministro. Le desconcertaba la persecución; ese repentino interés por su seguridad. No entendía por qué sus actividades le preocupaban tanto a esa gente.

—Te voy a pedir un favor, Baltasar, me gustaría, si tienes un rato, que te pasaras esta noche por aquí.

—¿De qué se trata, ministro?

—Es un asunto confidencial, perdona, pero no puedo adelantarte nada por teléfono.

Salió precipitadamente hacia el ministerio y ni siquiera tuvo tiempo de llamar a María Luisa. A poco que se retrasara no llegarían a la cita, por eso le dijo a Gertru que le avisara y los disculpase ante el gobernador por no asistir a la cena. Estaba lleno de curiosidad, no podía ocultar su impaciencia; así que entró en el despacho del ministro y, tras saludarle, le pidió que le aclarase lo antes posible el asunto.

—Bueno, verás, no sé cómo explicarte. Pero antes de nada dime qué te apetece. Me he tomado la libertad de pedir que nos preparen algo ligero, por si puedes quedarte a cenar.

Al verle tan ceremonioso empezó a sospechar que se trataba de algo serio. Era imposible que en el Ministerio tuvieran la menor idea de lo que se traía entre manos; nadie estaba al corriente de una operación que había permanecido en secreto durante tantos años. No obstante le inquietaba la posibilidad de haber dejado algún cabo suelto; no podía imaginar que alguien tuviera algún interés en un caso que creía definitivamente olvidado.

—Si es algo grave —le interrumpió— prefiero que me lo digas sin rodeos.

—Oh, no, de ningún modo. Verás, estamos siguiendo la pista a dos personajes que conoces bien y que tenemos especial interés en localizar.

—Dime sus nombres, por favor.

—¿Te acuerdas de Torrente? Según nuestras informaciones, ha entrado en contacto con Lapesa y, al parecer, han montado una operación que puede afectar a altas instituciones del Estado.

—¿Una operación en torno a qué?

—Evasión de capitales y blanqueo de dinero.

Respiró hondo. Nada que ver con sus preocupaciones. Lo mismo de siempre. ¿Acaso se habían dedicado a algo diferente desde que huyeron de España? Lo único novedoso era que trabajaban juntos, lo cual le pareció bastante extraño pues sus caracteres y sus contactos eran totalmente opuestos. Tal vez necesitaban ampliar horizontes. Por otra parte, la coletilla habitual para referirse a ese tipo de negocios era siempre la misma: «puede afectar a altas instituciones del Estado», lo cual, a estas alturas de su vida, tampoco le inquietaba. Sí, claro que estaba al corriente de las andanzas de ambos. En el caso Torrente actuó como defensor de uno de sus clientes más ilustres y también hizo de intermediario con Lapesa en aquel ridículo asunto de los documentos falsos. Uno andaba suelto por Brasil y el otro se paseaba tranquilamente por el mundo, con nueva identidad y, también, con otra cara.

Era evidente que le estaban vigilando y sabían que había mantenido contactos recientes con los dos para un antiguo negocio de obras de arte que no afectaba lo más mínimo a las instituciones del Estado ni al Gobierno ni al ministro ni a su madre. Y así se lo hizo saber.

Intentaba despedirse, pero era inútil, el ministro prolongaba la conversación sin fundamento. Tal vez había decidido compartir la noche con él y no quería deshacer sus planes. Prolongó la charla; una vez más, sacó a relucir los trapos sucios de sus antiguos colaboradores y le pidió que le echara una mano para cubrirse las espaldas, a lo que Baltasar le respondió con una negación rotunda y, en cuanto le fue posible, se despidió.

Sabía que María Luisa le estaba esperando indignada y cada día soportaba peor sus ataques de furia, sus estúpidas escenas de celos, sobre todo cuando carecían de fundamento como en esta ocasión. Se preguntaba a todas horas por qué la seguía resistiendo. Debería cortar de algún modo la relación. Si tuviera valor, lo haría, pero estaba claro que no lo tenía. Quizá le daba demasiada pena, pero la mayoría de las veces lo que sentía era auténtico desprecio; en seguida se arrepentía y le pedía perdón. «Soy como cualquier viejo imbécil —farfullaba de nuevo—. Eso es lo que soy, un anciano a punto de cumplir setenta años.» Esa misma mañana había leído en el periódico un vulgar suceso que meses atrás le hubiera pasado inadvertido, pero estaba demasiado sensible pues, según el criterio del maldito redactor de la nota, hacía tiempo que entró en la ancianidad. «Muere un anciano de sesenta y cinco años en la calle de Francisco Silvela al ser atropellado por un coche de color azul oscuro cuyo conductor se dio a la fuga...» En cualquier momento podía sucederle lo mismo; se sentía un anciano torpe y ridículo. «Si te hubiera conocido con veinte años menos, querida Telma», pensó de pronto.

Cuando tenía veinte años menos fornicó con María Luisa por primera vez. Uno de aquellos domingos que fue a almorzar a su casa se dio cuenta de que estaba dispuesta a complacerle. No tuvo que hacer ningún esfuerzo; en realidad se dejó seducir. Entonces estaba muy atareado con el papel de mediador que le habían asignado en todo aquel barullo político que se organizó cuando los socialistas llegaron al poder, poco después del juicio a los del 23-F. Es largo de contar. Tuvieron que hacer verdaderas filigranas para no alterar el orden de las cosas. El caso es que su actividad profesional le desbordaba y sus relaciones con las mujeres quedaban en un segundo plano; eran frecuentes, casi incesantes, pero no les dedicaba más que algunas sobremesas, pocas madrugadas y los fines de semana. Era promiscuo, poco enamoradizo y obsesivo en relación al sexo. Necesitaba superar las pruebas a las que, sin que nadie se lo pidiera, él mismo se sometía.

Conserva el mejor recuerdo de la tarde que se dejó seducir por María Luisa. Al final del almuerzo habían mezclado ya excesivos alcoholes. Quizá ésa fue la causa, no sólo de la repentina seguridad de María Luisa, sino también de su incontenible verborrea. Le divierte recordarla tan desinhibida. Estaban sentados el uno frente al otro, esperando a que se enfriase el café recién servido, cuando él dijo: «No te preocupes más, lo he arreglado todo para que te instales en Madrid cuando quieras.» Entonces ella se lanzó sobre su silla y, deshecha en lágrimas, le besó arrebatada de agradecimiento. Le dejó inmóvil y, ante su sorpresa, le abrazó con todas sus fuerzas, le abrió la boca con sus labios temerarios y la llenó con su lengua. En ese instante, a

Baltasar le subió un golpe de sangre, se lanzó sobre su cuerpo y en el suelo, junto a la mesa, sin desnudarla, mientras ella le susurraba en la oreja: «Quiero ser tuya aquí mismo», cumplió sobradamente sus deseos. No eran conscientes de que podía entrar Angelina; es más, probablemente los vio en algún momento. Él trataba de levantarse, pero ella le retenía, «no puedo despegarme de ti, ¿qué vas a hacer conmigo?». Tuvo que arrastrarla hasta el dormitorio y ya en la cama no hubo tregua, sus jadeos le provocaron nuevos delirios. Al anochecer se sentó consumido en el borde de la cama con la intención de vestirse, pero estaba todavía desnuda, arrodillada en el suelo, con la cabeza entre sus piernas, rodeando con los brazos su cintura. «Estoy encantada de haberte conocido —le decía—, quiero seguir pegada a ti.» Cogió su mano y la besó con delicadeza mientras con la otra ella le demostraba de nuevo una adoración tan profunda que le obligó a tenderse en la cama rendido otra vez. Se había deleitado recordando los detalles del primer encuentro con María Luisa porque en cada escena estaba viendo la cara de su amada Telma y no la de ella.

Si le hubieran dicho, al menos, lo que buscan en la vida de este hombre, pero no le explican nada, simplemente le piden que haga un seguimiento completo. Desde luego, no ha escatimado en medios, le ha puesto a sus mejores hombres, de manera que no puede dar un paso sin control. A lo largo de toda la semana echa un vistazo a las pruebas que le van llegando, pero es hoy, lunes, cuando se detiene a analizarlas de manera exhaustiva. No descubre nada que le interese desde el punto de vista personal, ni tampoco existen indicios que objetivamente resulten sospechosos. Si el senador estuviera casado, entonces sí, habría material en abundancia para el seguimiento, pero ya le han dicho que no es eso precisamente lo que buscan. Se sabe que, a pesar de lo avanzado de su edad, no pierde el tiempo con las mujeres; cuando se ponen a tiro, dispara y se las lleva a la cama. Muchos se preguntarán qué puede hacer con ellas. ¿Cómo es posible que siga funcionando? Parece, además, tener cuerda para rato.

Al funcionario no le resulta agradable presenciar esta especie de juegos eróticos geriátricos, aunque a veces se le va la vista. Entre otras cosas, le pagan para eso, para meterse en la cama del viejo; es cuando baja la guardia. Se pregunta por qué le llama tanto la atención la vida sexual del senador. Y es que tiene morbo que le siga funcionando la mecánica; no parece haberle afectado la andropausia, aunque le da mucho a la lengua, es decir, en la cama habla por los codos. Ver a un viejo tan activo en realidad despierta la curiosidad en cualquiera. Tampoco sabe si debe seguir llamándole senador. Hace veinte años que lo fue y, además, nombrado a dedo, aunque nunca mejor dicho, un dedo real. Pero en el departamento todos le llaman senador; por algo será, y no va a llamarle señor barón o cosas por el estilo.

Esta semana, el senador no ha copulado, se ha limitado a comer con los amigos. Seguir las conversaciones de esta gente resulta de lo más insoportable, pero el funcionario no tiene más remedio que echar un vistazo al material en bruto, por si hubiera algún indicio que escape a la rutina. El tipo de Ginebra, el único enigma, hace días que no llama a su despacho. El tal Pozas no da señales de vida. La única novedad es que en la habitual cena de los viernes se ha colado una pareja de rondón. Se trata de un tal Juan Bahuer y su mujer, Berta, ambos de origen alemán. En los archivos, él figura como marchante o galerista, lo cual hace sospechar que, probablemente, también se dedica al tráfico de arte. Confirma el *maître* que por primera vez invitan a desconocidos a participar en la cena del viernes. Aquí está la cinta de la conversación, que resulta de lo más intrascendente. Se añade información sobre los Bahuer y, al margen de la importancia de sus obras de arte, no hay nada que reseñar, excepto que ella viaja sola, y con relativa frecuencia, a Bélgica, Austria, Suiza y Alemania.

Además de la cena del viernes, el resto de los días fueron rutinarios. Se aportan pruebas anexas, nombres, números y grabación de las conversaciones telefónicas; llamadas de la señorita Hernández, los clientes habituales del despacho y el tal Bahuer, que habla de la cita del viernes, insistiendo en una subasta que se celebrará en Milán el mes próximo y por la que el senador ha mostrado especial interés, sobre todo en lo que se refiere a determinada pieza que el judío pretende adquirir. Al margen de este detalle se menciona de forma específica la preocupación desmedida que el senador tiene por su estado de salud. El resto de las pruebas aportadas carecen de interés objetivo.

Se arrepiente de haber venido esta noche a El Bosque. Todos los viernes la misma ceremonia. Le irritan esas conversaciones en las que nadie se atreve a decir la verdad. Si alguien es capaz de iniciar un argumento interesante lo interrumpen bruscamente. Esa gente está siempre fingiendo. Viven en la impostura. Se ocultan los años, las enfermedades, las actividades, las fortunas, los afectos y hasta las verdaderas intenciones de estos encuentros rutinarios. Simulan ser amigos íntimos, pero carecen del más elemental sentido de la amistad. Sólo son cómplices de antiguos delitos o socios de proyectos de dudosa moralidad. La costumbre es hablar de la fatuidad semanal; puede ser el concierto del Real, una escapada de placer, la exposición de turno, el museo recién inaugurado, el mejor hotel o el plato más exquisito del restaurante más sofisticado de cualquier ciudad del mundo. Se limitan a compartir intereses espurios, mutuos recelos y, a veces, a sus respectivas parejas. En eso hay cierta uniformidad. Todos están casados en segundas o terceras nupcias con mujeres a las que doblan la edad, excepto el banquero Basterrechea, que sigue con Tita Lopetegui, de soltera María López, que se vio forzada a cambiar su apellido para no dar la nota en Neguri. Veinte años de feliz matrimonio no impiden que Tita mantenga alguna aventura extraconyugal. Una de las más escandalosas tuvo lugar con el barón de Orellana, pero fue bruscamente interrumpida por la intervención del marido, puesto al corriente de las infidelidades de su esposa por otra de las asiduas a las cenas de los viernes; por cierto, también enamorada de Baltasar. Pero han sucedido excesivas cosas y transcurrido demasiado tiempo desde que el barón ocasionara tanto descalabro sentimental.

La única novedad de esta velada es que, por primera vez en muchos años, Baltasar ha invitado a un hombre de negocios, coleccionista como él, casado con Berta, una rubia carnosa, sensual y algo marchita que conserva aún ciertos rasgos de una belleza que debió de ser deslumbrante en su juventud. Los Bahuer han vivido en Bélgica durante muchos años. Desde Bruselas mantenían constante relación con el tío de María Luisa, a través del cual se pusieron en contacto con Baltasar Orellana cuando decidieron instalarse en España. Viven en un viejo chalet de Aravaca, en cuyo sótano han instalado una cámara acorazada donde guardan valiosas obras de algunos expresionistas alemanes. Baltasar les ha prometido su ayuda para colocarlas en el museo de la Fundación, siempre que le permitan quedarse con un Kirchner y un Kokoschka que le tienen absolutamente fascinado.

Los Bahuer querían conocer a los amigos de Baltasar y María Luisa porque son grandes consumidores de arte; unos más grandes que otros, todo hay que decirlo. Tienen especial interés por la colección de Basterrechea, el más rico de los comensales de esta noche, por eso Berta está sentada a su derecha y Juan a la izquierda de Tita. Los demás se han ido colocando de forma arbitraria, excepto María Luisa, que siempre busca la compañía de Cosme, el gobernador, un maduro atento y complaciente con todas las mujeres, a condición de que no sea la suya. La pareja más discreta y mejor avenida de las presentes es la de Ayala, el otro aristócrata granadino, y su joven amante, vecina de mesa de Baltasar, tan abrumado esta noche que es incapaz de prestarle la debida atención. En otros tiempos hubiera dedicado todo su talento a seducirla, y probablemente lo hubiera logrado, por más que María Luisa estuviera al acecho, como siempre, tratando de evitarlo, pero ya es demasiado tarde para complacer a una mujer tan hermosa; se tendría que conformar con demasiado poco.

Recién llegados de Basilea, los Bahuer hablan de un parque, a orillas del Rin, donde está instalado el Museo Jean Tinguely.

—El parque está lleno de rododendros y el museo es de una sencillez admirable —comenta Berta—. Tuvimos la suerte de conocer a Tinguely en 1990, un año antes de su muerte.

—Pues yo apenas conozco su obra —responde Basterrechea—, aunque hace poco estuve en Basilea para una exposición de Cézanne en la Fundación Beyeler, pero no tuve tiempo de ir al Tinguely. Por cierto, la cocina del Drei Könige es insuperable.

—Lamentablemente, debo privarme de las salsas.

—Bueno, ahora podemos descuidarnos algo más, ¿no es cierto, Tita?

—No creas, la pastilla no es mágica.

—No me digas que le dais al Xenical —pregunta María Luisa sumamente interesada.

—Sólo cuando nos pegamos alguna comilona, ¿verdad, querido? —Tita se dirige a su marido—. Elimina la grasa de manera fulminante, pero lo malo es el alcohol. El otro día tuve un desagradable percance, menos mal que estábamos en casa.

—Con todos mis respetos, me parece una conversación de lo más inoportuna —interrumpe Cosme—, no creo que sea el momento para hablar de semejantes porquerías.

—No son porquerías —interviene María Luisa—, es la vida misma.

—La vida, mi querida María Luisa, tiene demasiados aspectos miserables que no conviene poner sobre el mantel y menos esta noche ante nuestros invitados —responde Baltasar.

—Lamento ponerte de tan mal humor.

—No te preocupes, ya lo estaba antes de escucharte.

—Creo que no tengo por qué soportar tus depresiones.

—Tal vez sea ése el problema, querida —concluye Baltasar—, pero te ruego que no des el espectáculo. Nuestros amigos no se lo merecen.

—Yo tampoco —responde María Luisa al borde de la lágrima.

Los presuntos amigos de Baltasar no están acostumbrados a que trate a María Luisa con tanta insolencia; empiezan a sospechar que está saturado de ella, que no soporta la monogamia, que la vejez le ha llegado de una forma demasiado brusca para aceptarla. Durante el resto de la cena, María Luisa no dijo una sola palabra. Baltasar, sin embargo, dedicó varios comentarios sarcásticos a la condición humana. A los postres, Basterrechea, como siempre, le pidió un favor.

—Balta, la próxima semana vendrá mi amiga Susan Buckley de Londres. Como sabes está triunfando con sus nuevos productos y tiene muchísimo interés en regalarle uno de sus libros a la Reina. ¿Podrías conseguirme una audiencia?

—No tengo ni idea, es muy precipitado, pero ya sabes que lo intentaré.

Basterrechea es uno de los cómplices más antiguos y menos escrupulosos del barón de Orellana y, aunque con desgana, se ven obligados a hacerse mutuos favores. El banquero es más voraz y abusa de sus informaciones, pues conoce al detalle la vida y milagros de Baltasar, lo cual le coloca en una situación privilegiada.

—Por cierto —insiste el banquero—, dime qué día puedo ir a verte al despacho. Tengo que pedirte otro favor, pero éste ya en privado.

—Llama a Gertru y que ella te diga —responde Baltasar—, pero si no es muy urgente, déjalo para la otra semana.

Sus intuiciones no suelen fallar, esa noche tendría que haberse metido en la cama.

El primer encuentro de Baltasar y los Basterrechea tuvo lugar hace años en el palacio de la Moncloa, durante una cena oficial con motivo de la visita de Václav Havel, primer presidente checoslovaco tras la caída del muro de Berlín. Al haber editado un libro sobre su obra, a través de su fundación, el banquero formaba parte del centenar de invitados que tenían alguna relación más o menos cercana con el ilustre huésped. En aquellos tiempos, Baltasar era asiduo a estos actos protocolarios, todavía conservaba el buen humor y mantenía intacta su capacidad de seducción. Echó un vistazo a los rótulos donde figuraba el nombre de cada comensal. El azar quiso que coincidiera en la mesa del embajador y su esposa, un empresario español, los Basterrechea, un austríaco homosexual, director de teatro, y su amigo, un pintor francés que tuvo ocurrencias desafortunadas sobre los bonsais del presidente e hizo algún que otro chiste de mal gusto sobre la decoración zen de aquel salón de paredes y moquetas inmaculadamente blancas. «¡Qué originales son ustedes! En vez de españoles parecen japoneses.» A Baltasar le salió el ramalazo patriótico y durante la mitad de la cena estuvo ridiculizando con gran éxito al pintor; la otra media se la pasó coqueteando con la esposa del banquero, quien a su vez sólo tenía ojos para la mesa presidencial.

—Es un ser maravilloso —exclamó Tita refiriéndose a Havel—. Naturalmente no es un político, así que fracasará.

—¿Qué tiene de maravilloso que no tengamos los demás? —preguntó Baltasar.

—Hay pocos hombres con la mirada tan limpia que, además de despertar ternura, sean dignos de confianza y admiración —respondió Tita.

—Veo que tiene usted un alto concepto de este señor tan bajito.

—Conozco a muchos tipos bajitos que son irresistibles.

—Señora, le ruego que me haga el honor de considerarme un bajito más.

—¿No ha venido su esposa, señor barón?

—Me llamo Baltasar y no tengo esposa, señora Basterrechea.

—Esto empieza a ser interesante; los tipos altos, como usted, también tienen su encanto. Puede llamarme Tita.

—Con el permiso de su marido, Tita, me sorprende que un político como Havel despierte su admiración.

—A mi marido no tiene que pedirle permiso para nada. Los políticos no me importan lo más mínimo; pero Havel no es un político al uso y no creo que aguante mucho en ese cargo.

—La señora tiene razón —intervino el austríaco homosexual, que estaba a su izquierda—, durante el año que lleva al frente de su país, Václav ha perdido la alegría.

—¿Tanto le conoce usted? —preguntó Tita.

—Lo suficiente para saber que el destino le ha jugado una mala pasada. Tuve la suerte de ser el primero que puso en escena su obra en Viena y ahora lo haré en Praga. Es un magnífico dramaturgo. Su vida, además, está cargada de actos de valor y su trayectoria ideológica es intachable. Es probable que esas cualidades morales tan infrecuentes no puedan resistir la prueba del poder.

—Más que probable, es seguro —añadió Baltasar—, el ejercicio del poder está reñido con la inseguridad de los intelectuales, y más en el caso de Havel, que se enfrenta a un grave problema nacionalista y tendrá que adoptar duras medidas económicas. Está a punto de entrar en crisis, después vendrá la catarsis y pronto la defenestración. En un intento de recuperar protagonismo, Tita interrumpió la conversación.

—¡Ay, señores! Me aburre tanto detalle. ¡Qué mal se cena en estos sitios! Afortunadamente, el vino es bueno.

—Hay que reservarse siempre para los postres —le respondió Baltasar.

—Lo malo es que interrumpen los postres con los discursos —concluyó Tita con la copa de vino en la mano.

El discurso de Havel fue impecable. El día de su visita, la prensa española reflejaba en sus primeras páginas los insultos de los políticos. Pocas veces, excepto en pleno fragor electoral, el debate político había caído tan bajo. Probablemente nadie le tradujo ese día los titulares de los periódicos donde se recogía tanta zafiedad. De otro modo, Havel no hubiera pedido disculpas en la cena oficial «por carecer de la suntuosidad y la nobleza de expresión verbal que son tan propias del idioma español». A no ser por la gravedad de sus gestos y la timidez con la que pronunció el discurso, sus palabras hubieran parecido irónicas. «A pesar de mi experiencia de escritor —terminó Havel—, en mi país tenemos que resolver tal cantidad de problemas acumulados durante los años de régimen comunista que prácticamente no tengo tiempo para reflexiones solemnes y pomposas.»

—No sabe cómo se lo agradecemos a estas horas —murmuró Tita, señalando con el dedo el reloj de Baltasar.

A partir de aquella noche, entre Tita Lopetegui, Basterrechea y el barón de Orellana se estableció un indestructible *ménage à trois.*

Gertru le informó de que a las 7.30 tenía una cita con Manu Basterrechea, pero Baltasar lo había olvidado, como casi todo últimamente. No sabía por qué venía a verle. Aquel día no estaba de humor para aguantar a la pareja. No tenía nada en contra de Tita; al contrario, era una mujer llena de fuerza que seguía transmitiendo energía. Son curiosos los arreglos a los que llega la gente. Hacía diez años que Baltasar era testigo de la felicidad de un matrimonio por el que nadie daba un duro y ahí seguía. Él sabía, mejor que nadie, que no podían vivir el uno sin el otro.

En cierta ocasión, Manu le pidió que se alejara de su mujer porque era la primera vez que su matrimonio corría peligro. Lo dijo de tal modo que consiguió halagarle: «Soy consciente de que no puedo satisfacer todos sus deseos —le confesó—, por lo tanto tiene derecho a serme infiel, como yo a ella. Pero una cosa es quedarnos cortos y otra estar de más. No me importa que busque otros manjares, siempre que yo siga siendo tan necesario como el pan de cada día.» Se sintió obligado a pedirle disculpas y le prometió alejarse de Tita para siempre.

Tuvo que hacer un gran esfuerzo para cortar bruscamente con aquella maravillosa mujer. Era tan desenfrenada que estuvo a punto de perderle. De prolongarse un poco más, aquella historia hubiera dado un vuelco a su vida. Hacía poco todavía se encendía con sólo mirarla y tuvo la tentación de volver a las andadas; por fortuna se lo impidió la aparición de Telma.

—Hola, Balta, ¿has terminado? Me ha dicho Gertru que estabas hablando por teléfono —le interrumpió Manu mientras cerraba la puerta y se sentaba tranquilamente en un sillón.

—Pasa, Manu, pasa, te estaba esperando. ¿Nos tomamos un whisky?

—Sí, pero el mío sin hielo, la gripe me ha dejado jodida la garganta. Oye, gracias por lo de la Buckley, está encantada.

—Me alegro. ¿Cómo va Tita?

—Lo suyo no ha sido nada. Ya sabes lo que aguanta.

—Cuéntame. ¿Tienes algún problema?

—Bueno, no se trata de un problema exactamente. Verás, Baltasar, se trata precisamente de Tita.

—¿Qué le pasa?

—No, no es nada. Tú sabes cómo me gusta complacerla, ¿verdad?

—Sí, pero, dime, ¿es algo malo?

Empezaba a impacientarse. Manu nunca estaba tan dubitativo. Si tenía que pedirle cualquier favor, lo hacía sin preámbulos, de manera que venía a otra cosa; a comunicarle algo fatal sobre su mujer. No podía soportar la idea de una enfermedad incurable o cualquier otra desgracia. Tenía mucho cariño a Tita, en realidad era la única alegría de Baltasar en las cenas de los viernes. De vez en cuando le excitaba recordar las noches que pasaron juntos; era fabuloso lo ardiente que le llegó a poner esa mujer.

—Por primera vez no me atrevo a pedirte este inmenso favor.

—Ah, menos mal, se trata de un favor para Tita. Me temía algo horrible. ¿Qué quiere esta vez?

—Sería la mayor ilusión de su vida...

No podía soportarlo más. Se estaba hartando de sus vacilaciones. Siguió dando rodeos, frotándose las manos, reiterando lo mucho que quería a su mujer y lo amigos que habían llegado a ser los tres. Antes le molestaba un poco que no incluyera a María Luisa en sus mutuos afectos; ahora le era indiferente o incluso se lo agradecía. Tita y ella se aborrecían y no dejaban pasar la ocasión de manifestar su inquina. Los circunloquios se prolongaron durante unos minutos que se hacían eternos, hasta que al fin, abochornado, soltó la petición, y en seguida bebió un largo trago de whisky.

La cosa era tan estúpida como que Tita pretendía

que Baltasar intercediera ante el Rey para que les concediera un título nobiliario. A Baltasar se le cayó el alma a los pies. Nunca pudo imaginar que una mujer como ella soñara con ser aristócrata. A partir de aquel día dejó de mirarla con lujuria. Le dijo a su marido que había hecho de intermediario varias veces, pero la última curiosamente fue al revés. Le habían encomendado tantear a un intelectual republicano, español de fama universal, para ver cómo encajaría la concesión de un título por parte de Su Majestad. Con una sencillez fuera de toda sospecha, el sabio respondió: «No es que crea que no me lo merezco, es que no me va. A mis colegas británicos les vuelven locos los títulos nobiliarios y se emocionan cuando la reina de Inglaterra los nombra *lord* o *sir*. Quizá porque nunca fui monárquico o porque no soy inglés o tal vez porque no tengo hijos, pero, mi querido amigo, no me interesa lo más mínimo. Vivo al margen de esos asuntos.» Y así lo hizo saber al Rey. Cuando terminó de contar la anécdota, Manu se dio media vuelta y se despidió con una frase ampulosa:

—Quedo en tus manos.

—En mis manos, no, en las del Rey —le respondió Baltasar—. Es él quien tiene la última palabra. Dile a Tita que haré lo que pueda.

No quiso humillarle más y le dejó marchar.

Grafomanías
(12 de octubre)

Últimamente todo en mi vida es hueco. Acabo de disculpar mi asistencia a palacio por motivos de salud. La gente empieza a aceptarme como a un enfermo. No he querido ir a la recepción por no saludar a esa camarilla de cortesanos advenedizos. No soporto a los grandes de España y, menos aún, en presencia del Rey. Me repugna ver a tanto intruso doblando el espinazo. Por eso me subleva que Tita, a estas alturas, quiera ser marquesa; la tenía por una mujer inteligente. Lo de su marido es peor. Si supiera cómo me molesta que me pidan cierta clase de favores. He dejado de hablar a toda esa gente que siempre está pidiendo. Apenas me quedan amigos. Un hombre como yo, al final, se va quedando sin amigos. Se pierden porque no se puede contar con ellos o, mejor dicho, porque ellos no pueden contar contigo. Por eso se habla de la soledad del poder. Una de las peores soledades es verse obligado a prescindir del amigo en función de las exigencias del momento o contar con otros a los que se conoce circunstancialmente porque en esos momentos son más útiles que el amigo íntimo. Me he resistido a aceptar cualquier nombramiento porque si ostentas un cargo político el poder se hace evidente, tangible y, lo que es peor, momentáneo. No me interesa su fugacidad. Me gusta lo que dice el Código Civil en relación al poder: además de la propia definición sobre la posesión de las cosas, dice que los animales fieros sólo se poseen mientras están en tu poder. Así es exactamente. Sólo se posee durante un tiempo y un espacio. Te dan poder en función de algo, y dependiendo de cómo lo utilices lo mantienes o te lo quitan de las manos. Hay una definición más interesante sobre el poder que la del dominio o la fuerza y es la que equipara al poderoso con quien dispone de facilidad, tiempo o lugar para hacer lo que le venga en gana. Toda mi vida quise hacer sólo lo que me vino en gana.

Tuve ciertas veleidades políticas y me hubiera gustado ser ministro de Justicia, sobre todo porque habría hecho feliz a mi madre, pero cuando me lo ofrecieron me di cuenta de que debía renunciar a demasiados privilegios por esa tontería, así que lo rechacé. A pesar de mis muchas previsiones y cautelas, la vida me ha ido saliendo de una manera improvisada. Ahora sé que la mayoría de las veces ni siquiera he podido elegir; a lo sumo, cuando me encontraba en una encrucijada, tomaba un camino en lugar de otro, pero en múltiples ocasiones no fui realmente libre y me resigné a ser empujado por las circunstancias.

Hubo un tiempo en el que me creía omnipotente y hasta tuve la osadía de hacerle un pequeño desplante a Franco en el palacio de El Pardo. Me había mandado llamar a raíz de un discurso, muy radical, que pronuncié en el Colegio de Abogados a raíz de los fusilamientos de 1975. Aquello me pareció el final del régimen y yo era entonces tan arrogante que tenía la seguridad de que una palabra mía podía precipitar la caída del régimen. De haberlo conseguido, tampoco hubiera sido una proeza, pues Franco era un despojo y el régimen estaba a punto de desaparecer. De todos modos hice una proclama incendiaria, desde el punto de vista jurídico, contra la pena de muerte, citando a Pablo Neruda, no recuerdo bien a cuento de qué, pero dije algo así como que al final del camino nos encontraríamos todos y que se abría una etapa de esperanza.

Poco después de aquel discurso, muy comentado en los corrillos políticos pero del que la prensa no dio una sola línea, pedí en una conferencia la apertura de un proceso constituyente en España. Hasta entonces, eso sólo se pedía desde la clandestinidad. Dicen que Franco tenía una memoria de elefante y sabía que yo era un monárquico cercano al conde de Barcelona, porque así le habían informado cuando tuve que asistir a una audiencia en El Pardo con motivo de un congreso de la abogacía. Estaba muy mal de salud. No obstante me mandó llamar, al parecer, porque Miranda le había dicho que yo tenía cierta influencia con el Príncipe y a Franco ya sólo le interesaba el futuro de la Corona.

Era la segunda vez que entraba en aquel lúgubre palacio. El ayudante me explicó que el Generalísimo tenía ese día varias audiencias y que la mía sería la última, así que debía ser breve y no cansarle demasiado. Le pregunté qué tal se encontraba de salud su excelencia y recuerdo perfectamente su respuesta: «Apenas habla y le fallan un poco las piernas, pero de cabeza está tan lúcido como siempre.» Me hizo esperar más de media hora.

Cuando entré en aquel despacho vi a un anciano muy pequeño empotrado en una gran butaca roja y oro, con unas gafas de sol que le daban un aspecto siniestro. Estaba tan inmóvil que parecía muerto. Tenía un hilo de voz y apenas movía los labios. Hubo un silencio tan largo que llegó a perturbarme. Balbuceó unas palabras indescifrables, yo le dije un par de veces, tratando de aproximarme un poco: «¿Perdón, excelencia, cómo dice?» Pero no me contestaba y se hacía de nuevo un silencio eterno. Por fin dijo algunas palabras seguidas, pero sólo pude entender el final de la frase: «... ese tal Neruda es comunista.» A lo cual respondí: «Lo era, excelencia, porque murió hace dos años, poco después que Salvador Allende. Era un gran poeta, excelencia, y si se decidiera a leerlo quizá le ablandaría un poco el corazón.» Estaba orgulloso de haberme atrevido a tanto, pero mi atrevimiento no tuvo respuesta. Franco siguió sin inmutarse. Daba la sensación de estar drogado. Me fue imposible soportar el siguiente silencio y, antes de que abriera la boca, le dije: «Con el permiso de su excelencia, me retiro.» Susurró: «Puede retirarse.» Y así terminó la cosa. A la salida me comentó el ayudante: «¿Cómo ha visto a su excelencia, señor barón?» «Tan lúcido como siempre», le respondí. Estaba en las últimas. Murió a las pocas semanas.

No sé por qué tengo cada vez recuerdos más lejanos. Acordarme tanto del pasado es un síntoma inquietante. ¡Dios mío!, sólo te pido estar lúcido hasta el día de mi muerte. Aunque desconfío de la resurrección de la carne, creo en la inmortalidad. La religión católica permite la cremación de los cadáveres porque el cuerpo es un despojo que no se recupera, pero el espíritu se eleva y permanece. Cada vez aprecio menos mi carne y más mi alma. Quiero morir en paz. Los musulmanes dicen que, muerto el hombre, su acción termina, salvo en tres cosas: dejar una buena obra, un saber útil y un hijo piadoso y justo para que ruegue por él. ¡Oh, Dios! ¿Quién rezará por mí?

Si tuviera tiempo, me casaría con Telma y le haría un hijo. No importa que no pudiera verlo crecer, porque al cabo de los años permanecería en su memoria y él rezaría por mí. Aún puedo tener un hijo. Me estremece pensar que Telma es la única mujer con la que volvería a intentarlo. Me parece que he tenido dos vidas: la primera se me fue el día que perdí a mi hijo. Hasta entonces era un hombre digno y llevaba una vida plena; después, mi existencia se llenó de inmensas lagunas. Los árabes dicen que el viento del desierto enloquece porque se mete en la cabeza de las personas, pero sólo de aquellas que tienen agujeros en el cerebro. Yo noto que lo tengo horadado y cuando el viento se cuela por los agujeros se me saltan las lágrimas y me entran ganas de gritar. Odio tener que tragarme el llanto cuando María Luisa aparece por esa puerta. Su presencia también me impide llorar, por eso la detesto cada día más.

—¿Vamos a salir a cenar, cariño? —María Luisa interrumpió sus meditaciones.

—No, tengo mucho trabajo. —Baltasar apenas podía contener su indignación.

—Pero hoy es fiesta y prometiste a los Bahuer que los invitarías a cenar en El Bosque.

—¿Sabes lo que te digo? Estoy harto de los Bahuer.

—Pero si hace dos meses te fascinaban. Está bien, pues vamos solos.

—No tengo ganas de nada.

—Estás insoportable, querido.

—Por favor, María Luisa, déjame seguir escribiendo. Me interesa terminar este informe lo antes posible. Te prometo llamar a los Bahuer para cenar el viernes, pero ahora déjame en paz.

Cerró la puerta, se fue a la habitación contigua, puso a todo volumen *Aida* de Verdi, la única ópera por la que Baltasar sentía una tirria senil, se tumbó en el sofá para contemplar el cielo estrellado y tuvo la certeza, por primera vez, de que ya no pintaba nada en la vida de aquel hombre. Sentía asco por el miserable comportamiento que tenía con ella. La enfermedad le estaba convirtiendo en un viejo decrépito y cobarde. Le gustaría borrarle de su vida, pero jamás cometería el error de abandonarle. Sólo tendría que aguantar un poco más. Lo que peor soportaba era su apestosa colonia. El albornoz, el peine, las sábanas, el armario, todo estaba impregnado de ese olor repulsivo y no había manera de acabar con él.

Dedicó la tarde a meter en la trituradora una fotografía que le había dedicado con todo el amor del mundo y la extensa colección de tarjetas de los hoteles en los que estuvieron juntos. A partir de ahora decidió guardar en su propia caja fuerte las cartas, las fotografías donde aparecían los dos y otros documentos muy valiosos. Después abrió una vitrina, cogió una muñeca china que perteneció a la madre de Baltasar y empezó a clavar alfileres en su cuerpo de trapo con una energía patética.

Una de las viejas obsesiones de María Luisa era estar presente el día de su muerte y cerrarle los ojos. Así podría sentirse por primera vez en su propia casa, algo que no había sucedido en todos los años que llevaba a su lado. Quería ser ella quien diera instrucciones al ama de llaves y no al revés. Se ocuparía de que fuera amortajado, de los detalles del entierro, de los funerales. Tendría que responder a los periodistas, recibir a los amigos y a las autoridades. Sería ella la encargada de hacer el inventario de las tablas, los documentos, los objetos de plata, las joyas y cuantas pertenencias había ido acumulando Baltasar a lo largo de su vida. Estaría en el primer banco de la iglesia cuando se celebrase el funeral, recibiendo el pésame del presidente del Gobierno, el del Tribunal Supremo, jueces, ministros, diputados, rectores, banqueros, e incluso quién sabe si enviarían a alguien en representación de la Casa Real. Todo el mundo se vería obligado a darle un beso o un cálido apretón de manos. Había pensado ponerse un velo negro, aunque resultara extravagante, pero ese día quería vestir de luto riguroso. Mientras pensaba en el modelo, según fuera invierno o verano, apareció Baltasar.

—Siento haber sido tan brusco. Mañana seguiré escribiendo. Ponme un whisky, cariño, por favor. Quiero relajarme un poco.

Cuantos rodean a Baltasar Orellana tienen sobradas razones para controlar sus pasos. La primera interesada es María Luisa Hernández, no sólo por haber vivido durante los últimos quince años agitada por los celos, sino porque tiene miedo a perder lo poco o lo mucho que pueda heredar. También Gonzalo, el secretario, se ocupa de la seguridad del señor barón, en este caso por motivos profesionales. Hay que tener en cuenta que trabaja a su servicio hace más de veinte años y su labor consiste nada menos que en llevarle la correspondencia confidencial, atender a las visitas, ocuparse de las citas con los médicos, supervisar la contabilidad casera, el trabajo de los empleados domésticos, el ama y el chófer, Angelina y Vidal, realizar cierto tipo de compras, organizar las listas de invitados y hacer de enlace entre el despacho y los asuntos privados; en definitiva, es para el barón una persona de su más estricta confianza y de la que ya no podría prescindir.

Por otra parte, el ministro del Interior le ha puesto vigilancia. Por supuesto, no se debe únicamente a las amenazas terroristas; sabe que el senador tiene relaciones con algunos personajes que alzaron el vuelo con un buen fajo de divisas. Este último asunto enlaza con ciertas sospechas sobre las piezas que llegan hasta las salas de subastas y todo lo relacionado con las redes que se dedican al robo, el fraude y la falsificación de obras de arte. La idea que tenía en un principio el coordinador de vigilancia, director de operaciones de seguimiento o como quieran llamarlo, era que el senador guardaba información muy delicada para la seguridad del Estado y corría el rumor de que, al no estar muy bien de la cabeza, la materia reservada podía dejar de serlo en caso de que se hiciera pública por algún descontrol. Pensó, además, que al estar escribiendo sus memorias era necesario vigilar a los colaboradores que se dedicaban a procesar datos de su archivo.

Por un momento imaginó que la causa de tanta curiosidad eran los líos amorosos en los que había estado metido; tal vez algún marido encelado o simplemente la necesidad de buscar pruebas para arreglar las cuentas de un divorcio; en fin, no podía perder más tiempo, le pagaban sólo para averiguar las consecuencias y no el origen de los hechos. A las ocho de la tarde aún no había terminado la lectura del informe y estaba aburrido.

Empezó a leer la única cinta transcrita. Refiere una entrevista entre el senador y el periodista que acude periódicamente al despacho con el objetivo de reunir material para su libro.

A continuación:

ANEXO 1, RESUMEN DE LO QUE EL BARÓN DE ORELLANA CUENTA A SU AMIGO EL PERIODISTA

La desaparición de la Audiencia es una necedad. De haber podido, el ministro los habría borrado del mapa. No porque la Audiencia sea innecesaria, que no lo es. Lo dicen desde el País Vasco, que los delitos de terrorismo se tienen que juzgar aquí porque los jueces que viven allí tienen miedo. Por suerte, el ministro no pudo acabar con ellos.

Lo que el Gobierno quiere realmente no es que desaparezca la Audiencia, sino algunos jueces y fiscales que les hacen la vida imposible. Lo que sí deberían hacer es poner un plazo de permanencia, porque tienen una tensión que no hay quien la aguante. No sólo por los asuntos del banco y los fondos reservados, aunque ésa es la madre del cordero. Creo recordar que fue un 14 de diciembre de 1994 cuando el fiscal presentó la querella del banco. Ahí empezaron todos sus males. Y poco después les metieron lo del GAL.

El que intentó negociar con todo el mundo fue Moro, y se sabe que estuvo maniobrando para quitarse de encima a García, ya que Ballester le era más manejable por su debilidad de carácter. El pobre Ballester, grandón, desgarbado, un tanto extravagante, era uno de los jueces más expedientados de la Audiencia, donde por cierto no tenía buenas relaciones con

93

sus colegas y menos aún con el presidente, que un buen día le echó de su despacho con cajas destempladas; según me cuenta, casi llegan a las manos.

La verdad es que la trayectoria profesional del pobre Ballester estaba llena de altercados. Al principio de su carrera fue juez de vigilancia penitenciaria y en el verano del 82 se había matriculado en Berkeley para un curso de inglés, por lo tanto debía cambiar con su compañero las vacaciones del mes de julio al de agosto. Como no llegaron a un acuerdo, Ballester, ni corto ni perezoso, le pidió al forense que le hiciera un certificado médico para pedir una baja de quince días por agotamiento. Lo consiguió, pero al forense se le olvidó poner la fecha. Detalle insignificante que Ballester subsanó poniendo la fecha de su puño y letra. Le pillaron y fue expedientado por falsificación de documento público oficial y por abandono de servicio. No se sabe si, al menos, aprendió inglés.

El segundo expediente se lo ganó a pulso porque se le escapó de la cárcel uno de los presos a los que había dado permiso de salida. También quiso meter al famoso banquero entre rejas, le puso una fianza desorbitada que luego se quedó en nada. Recuerdo, además, lo de aquel empresario a quien envió la policía judicial para que le detuviera en la iglesia y le metió en prisión preventiva todo el fin de semana. La gota que colmó el vaso fue lo de Moro. No sólo le puso en libertad, sino que relató en un periódico con todo lujo de detalles los pormenores de aquel encuentro. Ese día, el juez Ballester había ido a comer con su mujer y a las tres y veinte de la tarde suena el teléfono. Al otro lado, la voz de su secretaria: Que tengo aquí al señor

Moro, que venga usted urgentemente. Se quedó sin partida de tenis y a las cuatro y veinte de la tarde ya estaba en la Audiencia con el pastel. Le tomó declaración y le dijo: Tengo que meterle en la cárcel porque lo pide el fiscal. Dicen que Moro se puso a llorar y le habló de la pena que le daban su mujer y sus hijos. Para entonces había convencido al juez de que el dinero de la Agencia Trebal estaba en manos de Valdés y que no sabía a quién iba destinado finalmente, aunque le insinuó el nombre de algún político y le pidió que no figurase en la declaración. Ballester estaba deslumbrado por la capacidad de persuasión de aquel tipo, la brillantez de sus argumentos, la tristeza que descubrió en su mirada. Todo eso le conmovió. Y dicen que por lástima, y por instrucciones del fiscal, que había hablado previamente con el ministerio, dejó en libertad a Moro, quien se despidió así de Ballester: «Te van a poner pingando», a lo que el juez respondió: «Me importa un bledo.»

El juez Ballester declaró que ése fue el primer día que habló con Moro personalmente. Ignoro si es cierto. Pero antes se vio juntos a Ballester y Santos en el restaurante O'Pazo de Madrid. Yo me los encontré un día con Gómez en Jockey. Ya sé que es frecuente ver revueltos a algunos jueces y a los defensores de sus acusados en la cafetería Riofría, frente a la Audiencia, y nadie se escandaliza, aunque muchos piensan que en esos encuentros descarados funciona la mordida. Como sabes, sus sueldos son manifiestamente mejorables. Todo lo que cobran es medio millón de pesetas al mes, de manera que a nadie le debería extrañar que algunos pierdan los papeles por convertirse en jueces estrellas, porque así sube notable-

mente la cotización de sus conferencias. Su trabajo se está haciendo insoportable. No sólo por las intromisiones políticas y mediáticas, que ya son difícilmente llevaderas, sino por la tensión, el miedo, el desamparo que sienten cuando un capo mafioso los mira a la cara y les dice: «Ya nos encontraremos.» Le envían a prisión, pero saben que pronto estará en la calle; nadie controla a esta gente.

Sé de lo que estoy hablando porque yo he defendido a alguno de esos capos. La delincuencia organizada es un espanto. La culpa la tiene la primera reforma; aquel disparate que hizo el primer Gobierno, a raíz de la cual esa gentuza del crimen organizado tomó a España por asalto. Se despenalizó el consumo sin ofrecer alternativa a esos toxicómanos condenados a muerte. Los camellos, inevitablemente, se hacen distribuidores y España se convierte así en una inmensa red de consumo y tráfico de drogas. Ahora somos el tercer país en consumo de hachís, el quinto en heroína y el paso obligado de la cocaína que se reparte por Europa. Todas las semanas circulan por nuestras carreteras veinticinco mil kilos de hachís. Distribuidores y consumidores están en manos de las mafias que invierten sumas astronómicas en hoteles y urbanizaciones de todas las costas. Y las penas son ridículas.

Cuando miro a esa pobre gente pienso en los gobiernos. Nunca llegas a ellos. Los Estados no quieren saber nada. No hay voluntad a nivel mundial de acabar con el narcotráfico. Esta clase de delincuencia organizada genera en España entre dos y tres billones de pesetas de beneficios. Nos han convertido en el paraíso del blanqueo de dinero. Y los pobres jue-

ces se levantan cada mañana sabiendo que es imposible lu-
char contra ellos, que les pueden pegar un tiro en la nuca. El
riesgo de un juez que se implica es muy superior al del que no
se moja. No están protegidos frente a delincuentes, terroris-
tas, asesinos; ni siquiera frente a ciertos políticos y periodis-
tas que pretenden hacerlos desaparecer. Los países deberían
ponerse de acuerdo para legalizar ciertas drogas, es la única
manera de acabar con la delincuencia organizada. Créeme,
sé de lo que hablo... Pero estoy divagando otra vez. ¿Qué me
habías preguntado? ¿Si piensas que el juez ha querido ven-
garse del Gobierno con la reapertura del sumario?

El funcionario cierra la carpeta. Es tarde para continuar. Mañana tiene que escuchar varias grabaciones
más para el dossier del jefe.

SEGUNDA PARTE

La primera sensación que tuvo Baltasar la tarde posterior a la pérdida de memoria fue de ingravidez. No sabía ni la hora del día, ni si hacía frío o calor, ni tampoco dónde estaba. Salió del ascensor, llamó a un timbre y ni siquiera le sorprendió que Angelina le abriera la puerta.

—Buenas tardes, señor.

Sin responder, se dirigió hacia el salón y se dejó caer en el sofá gris. Tenía la impresión de que Angelina le preguntaba demasiadas cosas. Se sentía incapaz de responder.

Cuando abrió los ojos, horas después, lo primero que vio fueron las caras de susto de María Luisa y de Gonzalo.

—¿Cómo te encuentras? —preguntó María Luisa—. El médico vendrá ahora mismo.

No entendía por qué le miraban de ese modo. Antes que nada quiso saber la hora, pero notaba que la lengua se le enredaba en la boca.

—Las cinco y veinte de la tarde —dijo Gonzalo.

—Lleva mucho tiempo durmiendo, señor —intervino Angelina—. Entró por esa puerta como un sonámbulo. Nos tenía a todos muy preocupados porque no nos advirtió que iba a estar fuera el fin de semana. Cuando regresó le dije que había llamado muchas veces la señorita María Luisa, le pregunté si quería cenar y algunas cosas más, pero se sentó en el salón sin contestarme. Aunque le noté raro, no me atreví a molestarle. De pronto se levantó y se metió en la habitación sin decir una sola palabra. Como no se despertaba esta mañana, me he asustado y he llamado a la señorita María Luisa y a Gonzalo.

Le parecía inconcebible lo que le estaba contando Angelina. Los otros dos seguían pasmados, mirándole a la cara con un gesto de gravedad totalmente estúpido.

—¿Dónde fuiste? ¿Dónde has estado? ¿Qué has hecho? —le preguntaba María Luisa en tono apremiante.

—No lo sé, no lo sé —es cuanto se le ocurría decir.

—¿Tomaste algo que te sentara mal? —insistía ella.

—No lo sé, no lo sé —repetía él una y otra vez.

Cuando iba a levantarse entró el médico en la habitación. Le saludó y después dijo con el inevitable sonsonete: «Vamos a ver cómo está el enfermo», y en seguida le tomó la tensión, el pulso, le auscultó, le miró la pupila, comprobó la flexibilidad del cuello y movió sus brazos y sus piernas.

—Será mejor que le llevemos a la clínica.

—¿Llamo a una ambulancia? —preguntó el secretario.

—No hace falta, puede ir en coche sin problemas —respondió el médico.

Baltasar se vistió con la ayuda de María Luisa. Se metió en el ascensor sin rechistar y, cuando ya estaba metido en el coche, protestó:

—¿Os habéis vuelto locos? No voy a ninguna parte y ya me podéis explicar qué pretendéis hacer conmigo. No estoy enfermo. Me encuentro perfectamente.

María Luisa respiró aliviada al ver que había recuperado la energía. No obstante, le tuvo que explicar las condiciones en las que había llegado el día anterior, después de haber estado todo el fin de semana ilocalizable. Le recordó que se había ido a Granada para cuidar a su madre y que hablaron por última vez el viernes. No supo más de él, hasta que Angelina llamó esta misma mañana para decir que había llegado el domingo por la tarde en mal estado y que, a pesar de su insistencia, seguía dormido. Así que María Luisa dejó precipitadamente a su madre y regresó a Madrid en el primer vuelo. Cuando llegó todavía estaba dormido; eso era cuanto sabía.

Su internista había avisado a la clínica para que le viera el neurólogo. Después de tantas horas de sueño, lo más probable es que hubiera sufrido algún episodio cerebral, ya que le notaba cierta rigidez en el brazo derecho, pulso irregular, confusión mental y dificultad al hablar. No descartaba una apoplejía, aunque sin consecuencias graves, pero sería mejor tenerlo en observación ya que tal vez necesitase tratamiento.

Al llegar a la clínica le llevaron directamente a la consulta del doctor, que le estaba esperando junto al resto del equipo. Tras comprobar cuanto le había dicho el internista y hacerle las primeras exploraciones, el doctor, poco efusivo, le dejó en manos de su ayudante, una mujer agradable de unos cuarenta años, mirada clara y pelo corto, que le tomó la mano y le habló en tono maternal.

—Le vamos a hacer unas cuantas pruebas y después le someteremos a un pequeño interrogatorio. Espero no darle mucho la lata.

—Sólo contestaré a sus preguntas en presencia de mi abogado —respondió Baltasar con una sonrisa, mirando fijamente a los ojos de la doctora. Era la mejor visión que había tenido en aquel día inaudito.

—A ver si somos capaces de poner orden en esa cabeza —dijo la doctora.

—Misión imposible, doctora Suárez. —Baltasar había leído el nombre en la placa de identificación—. Por cierto, antes de ponerme en sus manos quiero saber cuál es su especialidad.

—Soy ayudante del doctor Azofra, jefe del servicio de Gerontología.

—¿Insinúa que tengo edad geriátrica?

—Lo que tiene usted es un humor excelente. Me lo llevo —la doctora se dirigió a María Luisa y Gonzalo—, se lo devolveré lo antes posible.

Fuera del despacho, la doctora Telma Suárez preguntó a Baltasar:

—¿Son familiares?

—Ella es mi sobrina y él mi secretario.

—Está bien, ahora le van a hacer una resonancia magnética, yo me quedaré en la sala de al lado por si necesita alguna cosa. Si le resulta demasiado molesto, no dude en apretar el botón y le sacaremos del tubo inmediatamente. A muchos pacientes les entra un ataque súbito de claustrofobia y prefieren hacer la prueba sedados. Si lo considera necesario le daremos un Valium y, mientras le hace efecto, iremos realizando el resto de las pruebas. El técnico le explicará los detalles.

Estaba dispuesto a obedecer cualquier orden que le diera la doctora Suárez. Sólo por el deseo de complacerla, siguió al pie de la letra las instrucciones del hombre de la bata verde que le metió en el tubo, después le indicó dónde estaba el timbre, le dijo que cerrara los ojos y se relajase. Notó, de pronto, la falta de aire, abrió los ojos sin querer y se dio cuenta de que estaba atrapado en un féretro metálico y frío. Le entró el ataque de pánico, no podía respirar, tenía las manos agarrotadas, la mandíbula desencajada y una contracción en el cuello. No obstante, por nada del mundo hubiera apretado el botón, pues le había dicho a la doctora que jamás había tenido claustrofobia y que era capaz de resistir cosas peores. Volvió a cerrar los ojos, hizo unas cuantas respiraciones profundas, hasta que logró controlar la situación; entonces fue consciente de que había olvidado algo; lo más inquietante es que no sabía lo que tenía que recordar. Le venían a la mente sonidos confusos e imágenes abstractas enmarcadas en un color rojo oscuro, escarlata o tal vez carmesí. En cuestión de pocos segundos, un torrente de imágenes y pensamientos pasaron vertiginosamente por su cabeza y notó cómo se le iba bloqueando el cerebro. Creyó ver los ojos azules de la doctora y dejó de pensar. Hacía una eternidad que le habían encerrado en aquella cañería. Empezó a repasar nombres de personas cercanas: la doctora Suárez, María Luisa, Gonzalo, Angelina, Vidal... Después su propio nombre, el de su madre y el de su padre, su domicilio, la fecha de nacimiento... Dio un repaso a las tablas que estaban en las paredes de su casa, los libros de la estantería que tenía a su espalda, los objetos de su escritorio... y de ese modo fue comprobando que cada pieza del rompecabezas encajaba a la perfección. ¿Qué diablos le estaban haciendo? Y en mitad de ese inusual recorrido por lo más inmediato le asaltó la imagen de un triciclo y tuvo ganas de gritar. No pudo resistirlo, apretó aquel timbre maldito y, al instante, se abrió la escotilla.

Lo primero que vio fueron los ojos azules de Telma Suárez. Le cogió otra vez la mano y le habló dulcemente.

—¿Lo ha pasado mal?

—Sólo en los últimos momentos.

—Le íbamos a sacar cuando llamó. ¡Qué sincronización!

—Estoy seguro de que entre nosotros funciona la telepatía —le dijo Baltasar, apretando un poco más la mano de la doctora.

—Es posible. Le voy a seguir dando la lata, así que tendremos ocasión de comprobarlo.

Pasaron a la salita contigua y la doctora se sentó al otro lado de la mesa para tomar notas. Estaba escribiendo en una ficha algunos datos cuando, una vez más, Baltasar la interrumpió:

—¿Le puedo hacer una pregunta personal, doctora Suárez?

—Lo lamento, pero soy yo la que debe preguntar.

—Acláreme una enorme curiosidad. ¿Por qué se dedica a la geriatría?

—Simplemente, porque mi padre así lo quiso. Estaba convencido de que no me iba a faltar trabajo, y como jamás se equivocó en su vida, le hice caso.

—¿Quién era su padre?

—Mi padre fue un hombre excepcional. Lo siento, se acabó su turno. Ahora me toca a mí. Vamos a ver. Dígame lo último que recuerde de aquella tarde.

Nada, absolutamente nada, y, además, no parecía dispuesto a hacer esfuerzos para saber a qué se refería. Le gustaba contemplar la cara limpia, suave y despejada de aquella mujer. No era guapa; tenía demasiado pequeña la nariz, la boca, los ojos y hasta las orejas. Era una delicada miniatura, más bien larguirucha. Estaba flaca para su estatura y llevaba el pelo recogido sin ninguna gracia, pero le brillaban los ojos con tal intensidad que no podía dejar de mirarlos.

—Perdón, doctora, no sé de qué me está usted hablando.

—Le hablo de su accidente.

—¿Es que he tenido un accidente? —preguntó Baltasar, alarmado.

—Bueno, si prefiere, lo dejaremos en un accidente cerebro-vascular. Me refiero a su posible desvanecimiento.

—Ahora sí que ha conseguido preocuparme. No recuerdo haber sufrido ningún desvanecimiento.

—¡Al fin! —exclamó la doctora—. Eso es lo que intento; ayudarle a recordar. Verá, después de dos días de ausencia que no ha sabido explicar, llegó a su casa en muy malas condiciones y todo parece indicar que ha sufrido pérdida de conocimiento. Por los síntomas, en principio, pensamos que se trataba de una apoplejía... Pero en caso de haber existido no dejó rastro, lo cual, créame, es algo estupendo.

En esos momentos le importaba poco haber olvidado dos días de su existencia. No echaba de menos ningún recuerdo. Le producía una extraña felicidad responder a la enorme cantidad de preguntas extravagantes que le hacía la doctora. Estaba encantado de tenerla enfrente. La sesión terminó antes de lo que hubiera deseado.

—Mañana mismo tendrá el informe. De todos modos, le adelanto que no tiene importancia; la memoria es mucho más vulnerable de lo que imaginamos. Todo parece indicar que lo suyo se trata de un tipo muy infrecuente de amnesia psicogénica o funcional, provocada por un traumatismo que aparentemente no ha dejado lesión en el cerebro. No debe preocuparse, las amnesias psicogénicas suelen anularse en cuestión de días. A veces persisten algo más, pero, una vez superado ese período, los pacientes recuperan la totalidad de la memoria. En cualquier caso, no habrá más remedio que tenerle en observación durante un tiempo.

Al despedirse, Baltasar dio gracias a Dios por haber puesto en su camino a aquella mujer.

Así como Telma acertó con el diagnóstico inicial, se equivocó totalmente en su pronóstico. Pasaban los días, las semanas y los meses sin que su ilustre paciente recobrase aquel retazo de memoria. No era la amnesia psicogénica lo que atormentaba a Baltasar, ni siquiera la vejez que se le había echado encima de golpe, sino las consecuencias que tuvo su paso por la clínica. El encuentro con Telma le había dejado secuelas mucho más graves que la enfermedad. Empezó a obsesionarse con aquella mujer en las peores circunstancias. No fue capaz de abandonar a María Luisa al cabo de tantos años. Su salud se deterioraba por momentos, probablemente a causa de esa continua excitación que le impedía comer, dormir y casi hasta vivir. A pesar de haber doblado la dosis de Sedotim, cada mañana se levantaba peor. De pronto rompía a sudar y se le empapaba el cuerpo, sentía mareos y espasmos al incorporarse de la cama y padecía frecuentes taquicardias. Sólo encontraba sosiego al lado de Telma. Por eso, a pesar del último incidente, decidió llamarla.

—Te ruego que me perdones, Telma, me prometí a mí mismo no molestarte más, pero me siento mal.

—Pensé que estabas de viaje. Me extrañó que no respondieras a mis llamadas. ¿Te encuentras mal realmente?

—Sí, Telma, estoy seguro de que es algo serio.

—¿Quieres pasar esta tarde por la consulta?

—Si no te importa, prefiero que vengas a verme. Ya te explicaré, pero no quiero salir de aquí.

—Claro que no me importa, Baltasar. Si te parece bien, iré hacia las ocho.

Le parecía lo mejor del mundo. María Luisa se había ido por la mañana a Granada y no pensaba regresar en dos o tres días. Tenía demasiadas cosas que contarle a Telma y quería hacerlo a solas, sin que los escoltas dieran cuenta de dónde y con quién pasaría aquella noche. Estaban al corriente de sus actividades profesionales, pero ahora empezaba a sospechar que trabajaban para alguien especialmente interesado en conocer ciertos detalles de su vida privada. Sentía una mirada en la nuca cada vez que cambiaba de costumbres o de itinerario, se paraba delante del escaparate de una tienda o interrumpía levemente su vida rutinaria. Llevaba siempre encima la única llave del tercer cajón de la mesa del despacho, que es donde guardaba sus «grafomanías», y tenía indicios de que alguien estuvo hurgando en la cerradura porque, además, encontró los papeles levemente desordenados. Lo peor es que en ese cajón estaban registradas las claves de acceso a la caja fuerte, donde había guardado, entre otros asuntos importantes que tenía miedo a olvidar, el último testamento ológrafo. La única posibilidad es que Gonzalo o Gertru buscasen algo equivocadamente, pero ambos lo negaron con toda naturalidad.

No es que de pronto le hubiera entrado manía persecutoria ni que estuviera mal de la cabeza. ¿O tal vez sí? De eso quería hablar con Telma, entre otras cosas. Fue ella quien le aconsejó escribir esa especie de diario llamado «grafomanías», porque desde que lo inició se había convertido en otra de sus obsesiones. En uno de los últimos congresos, Telma coincidió con dos psiquiatras de la Universidad de Dakota del Norte que habían descubierto las propiedades curativas de la escritura. Según sus investigaciones, escribir las experiencias íntimas durante veinte minutos diarios, sin pausas y tratando de evitar cualquier distracción, es una excelente terapia para superar determinados episodios traumáticos. Se ignora por qué sucede, pero lo cierto es que el proceso desencadenado a raíz de este ejercicio, al cabo de varios meses, repercute favorablemente en la salud y fortalece el sistema inmune. Aunque Baltasar no notaba mejoría, sus deseos de complacer a Telma le habían convertido en un grafómano. Pensaba que el hecho de escribirlo todo, al menos, le ayudaría a recuperar parte de la memoria perdida.

La vieja Angelina acompañó a Telma hasta el despacho. Sentado de espaldas a la puerta, frente al retablo de la Virgen, Baltasar contemplaba absorto su tabla favorita y no advirtió la presencia de Telma. No era posible distinguir si la imagen estaba iluminada por la luz del día o por el ojo mágico camuflado en el techo de la habitación. Todas las paredes estaban tapizadas con pinturas excelentes, pero ninguna alcanzaba el refinamiento de aquella Virgen.

Telma tampoco dijo nada, se quedó inmóvil mirando aquella escena casi mística y pensó que un hombre capaz de levitar ante una obra de arte no podía ser tan cruel como decían sus enemigos. Su ama de llaves le cuidaba con delicadeza y veneración, como si fuera un dios de porcelana o un tesoro más de los múltiples que contenía aquel museo lleno de fantasmas. Y el amor que despertaba en aquella anciana era otra prueba más de sus debilidades ocultas.

—Señor, ha venido la doctora. —La voz de Angelina puso fin a la contemplación.

Baltasar giró el sillón, pero tardó unos segundos en levantarse. Seguía embobado cuando Telma se acercó, le tomó como siempre las dos manos y le dio un beso.

—¿Estabas rezando? —le preguntó.

—No —dijo él—, estoy muy confundido, creo que he descubierto algo.

Verdaderamente, el descubrimiento le había causado una fuerte impresión, de otro modo no hubiera recibido el beso de Telma con tanta indiferencia.

—Te noto extraño, Baltasar; dime, ¿de qué se trata?

—Estaba mirando la cara de la Virgen cuando de repente me pareció ver otra imagen superpuesta. Al cabo de un rato me he dado cuenta de que he recordado el cuadro. ¿Sabes al cuadro que me refiero?

—No, desde luego, que no —respondió Telma.

—Tú lo sabes. Acuérdate de lo que te conté en la clínica la primera vez que nos vimos. Me preguntaste las sensaciones que había tenido durante el tiempo que pasé metido en aquel tubo, mientras me hacían la resonancia magnética, y te dije que me venían a la mente sonidos confusos, imágenes abstractas en rojo, escarlata o carmesí. Pues bien, acabo de recordar con detalle la imagen. En efecto, tenía la parte inferior del cuerpo envuelta en un manto rojizo.

—¿De quién hablas, Baltasar?

—Todavía no sé si es la Virgen. No estoy seguro; creo que se trata más bien de María Magdalena. Me refiero a lo que vi en el lugar donde estuve el día que perdí la memoria. Lo veo con absoluta claridad. Se trata de un gran lienzo, posiblemente de la escuela de Caravaggio. No será difícil localizarlo. —Hablaba de forma apresurada, con agitación, como si las palabras fueran demasiado lentas para expresar sus pensamientos.

—Es magnífico, Baltasar, esa rememoración debe de ser la clave que necesitamos. Ya verás como a partir de ahora te sentirás mejor.

—¡Ojalá fuera cierto! Pero he tenido un mal presagio, Telma.

—¿Por qué no querías salir de casa? Me dijiste que me lo explicarías.

—Te lo dije, es cierto. No quiero salir porque no me encuentro con fuerzas y, además, creo que nos están espiando.

Telma empezó a sospechar que su cabeza iba peor de lo que suponía. Siempre empiezan así, con temores y presagios carentes de sentido. A veces, como en este caso, manifiestan síntomas de manía persecutoria. Por primera vez se dio cuenta de que Baltasar le importaba mucho más que el resto de sus pacientes.

—Cuéntame, he venido a escucharte —le dijo Telma para tranquilizarle.

—Verás, no sé lo que me está pasando, pero no me

encuentro bien. Además de la taquicardia, tengo vértigos y sensación de mareo. Creo que estoy empeorando por momentos.

—Habrá que ocuparse de todo eso, pero no quiero darle demasiada importancia. Supongo que te sentirás mejor cuando dejes de estar obsesionado con tu cabeza. Ya te he dicho que debes tener paciencia. De todos modos, cuando vuelva de Granada te veré en el hospital y repetiremos algunas pruebas.

—¿Eso quiere decir que te vas? —preguntó Baltasar.

—Sí, tenemos un congreso. Me voy el viernes.

—Irás a mi casa. Ahora mismo diré que te preparen una habitación.

—No, Baltasar —le interrumpió Telma—, te lo agradezco, pero prefiero estar en el hotel.

—¿En qué hotel?

—En el Alhambra Palace.

—Es igual, te daré las llaves —insistió Baltasar—, quiero que conozcas mi casa.

—Gracias, pero me faltará tiempo.

—Te lo ruego, Telma, me gustaría que conocieras la casa donde pasé mi infancia; es un carmen que mandó reconstruir mi abuelo en la ladera de la Alhambra. Tiene unos jardines árabes, llenos de rosales, jazmines y cipreses. Es un lugar maravilloso.

—Estoy segura, pero iré en otra ocasión.

—¿Crees que habrá otra ocasión? El tiempo se me acaba.

—No digas tonterías, Baltasar, me lo enseñarás tú mismo.

—¿Me lo prometes?

—Te lo prometo —respondió Telma.

—¿Cuándo volverás? —preguntó ansioso Baltasar.

—El próximo martes, así que te veré en la clínica el miércoles.

La promesa le impidió conciliar el sueño. Decidió pasar la noche escuchando una de las fugas que Bach compuso en los últimos años de su vida mientras pensaba en Telma y la Magdalena que se le apareció esa tarde cuando contemplaba el rostro de la Virgen, tan semejante al de su madre y al de esta santa de rara hermosura por la que sentía especial veneración, pues se dejó llevar por sus inclinaciones mundanas, se entregó a la mala vida y al final se arrepintió por amor a Jesús. También Baltasar deseaba morir santamente, aunque cada vez se lo ponían más difícil. Seguía convencido de que los pecados de la carne eran los más fáciles de perdonar, por eso pedía a Dios que le dejara cometer el último pecado con Telma. Soñaba con sus labios al tiempo que trataba de recordar los detalles del lienzo. Cada vez lo veía con más nitidez. Era la figura de la Magdalena, una mujer en plena juventud pero sólida y ebúrnea, camino de una primera y espléndida madurez. Aparecía revestida de una túnica que dejaba al descubierto el busto, mientras un gran manto rojizo envolvía la parte inferior de su cuerpo.

Tenía enlazadas las manos, el codo reclinado sobre una calavera y, en un gesto de doliente desesperación, torcía hacia atrás el tronco, levantando el rostro hacia el cielo, como rogando a Dios. Era cuestión de averiguar dónde se encontraba el cuadro. Le pediría a Gonzalo que lo buscara por los museos o investigase entre los coleccionistas, aunque también podría estar en las páginas de un libro. Era, sin duda, una obra de Caravaggio o de alguno de sus discípulos. Todo esto pensaba esperando con ansia el amanecer y un nuevo día lleno de promesas. Estaba decidido. Iría a Granada para encontrarse con Telma.

Antes de salir llamó a Daniel. Cada vez que Telma tenía que hacer un viaje le pedía que se ocupara de sus gatos y de sus plantas. A pesar de que llevaban cuatro años separados, su ex marido estaba al corriente de los detalles más nimios de su vida. Aunque aparentemente no hubiera ningún motivo, le veía con relativa frecuencia. Necesitaba hablar con él, confiarle sus problemas, consultar sus decisiones; en definitiva, seguir contando con su aprobación, como venía sucediendo en los últimos veinte años. Era la única persona en la que podía confiar; la única que la ataba a la vida. Quizá no fuera para tanto, pero lo cierto es que Daniel estaba siempre informado de sus andanzas, de las incidencias del hospital, de las historias de los médicos del servicio de geriatría, del sueldo que ganaba y hasta de las enfermedades de los pacientes que acudían a la consulta privada de Telma y, por supuesto, de su peripecia sentimental y de la de sus amigas, de los libros recién leídos y de las películas que había visto. Estaba sola en el mundo, Daniel formaba parte de sus raíces y había compartido con ella los últimos desastres. Sufrió junto a Telma la agonía de su madre, se ocupó de los trámites a raíz de la muerte de su padre, padeció la muerte lenta de su mejor amiga y esperó a las puertas del quirófano durante la operación a la que se sometió meses atrás.

Renunciar a tener hijos fue, sin duda, la causa última de su separación; una decisión traumática de la que Daniel se sentía responsable. Le fue imposible vivir al lado de Telma. Desde el principio supo que sería incapaz de comprometerse en una tarea tan ardua; los hijos exigen monogamia, al menos durante un tiempo, y no la consideraba capaz de cumplir esa premisa. No quería ser el padre de un niño sometido a los arrebatos pasionales de una madre inteligente pero inestable y autodestructiva. Tenía una cabeza mal organizada y se dejaba llevar con facilidad por golpes de intuición y extrañas supersticiones que la conducían siempre a una nueva tragedia. Estaba llena de buenos propósitos, de los cuales dejaba constancia en un diario repleto de incoherencias. En apariencia, sin embargo, era un modelo de rigor y sensatez. Incluso los rasgos de su cara denotaban equilibrio y una falsa seguridad en sí misma. Lo más exasperante de su carácter era que, después de trazarse un plan acertado y racional, se lanzaba repentinamente a la improvisación y actuaba en función de los impulsos momentáneos que le hacían perder la cabeza. Nunca fue capaz de liberarse de esos abandonos súbitos. Traicionaba sus compromisos afectivos con excesiva frecuencia, para regresar a ellos con absoluta impunidad. Pasaba de la energía al desánimo con una cadencia insoportable. Después de violar cualquier norma, pacto o principio, entraba en una fase sumisa, conformista, resignada y adoptaba los modales exquisitos de una geisha. Los hombres que conocían a Telma en estado de calma se enamoraban locamente de ella, pero apenas tenían tiempo de ver su cara oculta, pues la relación no llegaba a ser lo suficientemente duradera.

Los días previos a la separación, sus deseos de quedarse embarazada fueron constante fuente de conflictos. Tras una de aquellas broncas, Telma se fue de casa, y poco después apareció arrepentida; disculpándose por caer en brazos de un compañero del hospital. Volvió sumida en una fuerte depresión. Como sus infidelidades eran más frecuentes cada vez, tomaron la decisión de separarse de mutuo acuerdo. Dos semanas más tarde, Telma dejó un mensaje en el contestador de Daniel: «No puedo vivir más. Estoy desesperada. Te sigo queriendo.»

Fue un intento de suicidio algo grotesco. Al entrar en su casa, Daniel se encontró la llave puesta estratégicamente en la cerradura exterior, las paredes del pasillo con manchas de sangre, el grifo del lavabo abierto y el suelo lleno de agua al borde de la inundación.

La escena no podía ser más lamentable. Sobre la mesilla, un bote abierto de Ruinol, una cuchilla de afeitar, media botella de vodka, un vaso con hielo y el número de teléfono del doctor Azofra apuntado en un papel en grandes números con un rotulador de tinta verde. Telma estaba en la cama, vestida, pálida, apestando a alcohol, con las ropas ensangrentadas y cortes en ambas muñecas. A Daniel le temblaron las piernas al ver la sangre; tuvo miedo al pensar que el intento se le había ido de las manos, pero llegó a tiempo, del mismo modo que hubieran llegado media docena de personas más: el vecino de abajo, víctima de la inundación; el portero, alertado por la llave olvidada en la puerta, y, por si no hubiera suficientes pistas, el doctor Azofra, que en ese preciso momento entraba en la casa dispuesto a impedir un suicidio anunciado a los cuatro vientos.

Cuando llegó Azofra le vendó los brazos —tenía cortes profundos—, la reanimó, comprobó que estaba fuera de peligro y le pidió a Daniel que no se separase de ella. Al cabo de una hora se despertó totalmente y Daniel no pudo contenerse: «Júrame que jamás me volverás a hacer una faena como ésta, niña estúpida.» Después le preparó una infusión de manzanilla y se quedó vigilando un día y una noche entera. Sentía por ella una infinita compasión, a pesar de todo; los náufragos no suelen ser voluntarios y, de algún modo, Telma estaba condenada al naufragio; no quería privarse del placer de sobrepasar todos los límites. Sólo su madre y Daniel sabían lo lejos que la podían llevar sus esfuerzos por parecer una mujer distinta de lo que siempre fue y sigue siendo.

Era un día de invierno luminoso y cálido. Gracias a una suave brisa se podía soportar el sol que caía de plano sobre la terraza del Alhambra Palace. Frente a una cerveza helada, Telma planeaba la jornada con el resto de sus colegas mientras esperaba a que el doctor Azofra bajase de la habitación. La vista de Granada era imponente desde aquel mirador colgado en lo más alto de la ciudad. Vestida con pantalones de lino, camisa y chaleco de seda, un sombrero calado hasta las cejas, toda ella de blanco, Telma estaba tan resplandeciente como el día. Los organizadores del congreso les habían preparado un almuerzo en La Ruta del Veleta.

Un supuesto profesor de esoterismo que escuchaba desde la mesa contigua pidió permiso para sentarse con el grupo. Era experto en ciencias ocultas y presumía de tener una extensa obra publicada sobre parapsicología y de figurar en el libro de los récords como el hombre que había sido capaz de hipnotizar a mayor número de personas en una sola sesión. Cuando se sentó a su lado, Telma pensó que era un charlatán de feria o un echador de cartas que animaba a los clientes del hotel.

El tipo, sin embargo, se convirtió en el centro de atención y durante más de una hora los médicos, con mezcla de curiosidad y escepticismo, le sometieron a un interrogatorio exhaustivo sobre fenómenos mágicos, sesiones de espiritismo y toda clase de supercherías. Al margen de organizar cursos para expertos sobre fenómenos ocultos, dijo tener una consulta en Granada a la que acudían un número considerable de políticos conocidos y de ejecutivos de grandes empresas que venían de toda España en busca de remedios mágicos; clientes de lujo cuyos nombres no desveló, aunque le preguntaron insistentemente por ellos.

—Les aseguro —insistía el charlatán— que los mayores problemas de esta gente no son los fracasos electorales o la cuenta de resultados de la empresa, sino los desequilibrios afectivos y las frustraciones sexuales. Con mis sesiones de hipnosis les alivio la mente y, además, les adivino el futuro.

A pesar de poner cara de incredulidad, Telma estaba tan divertida con el charloteo del brujo que hizo esperar un buen rato de pie al doctor Azofra.

—¿Quiere que le eche las cartas, señorita? —le preguntó el brujo.

—Si a Manuel no le importa esperar —dijo Telma dirigiéndose al doctor Azofra.

—Tú veras —respondió Manuel Azofra con cierto desdén.

—¿Cuánto me costará? —preguntó Telma al brujo.

—Se lo haré gratis. Es usted transparente.

—Adelante, pero sólo una aproximación, porque si tarda mucho me van a echar los perros en vez de las cartas.

El hombre desplegó la baraja sobre la mesa.

—No aparecen problemas graves, señorita, excepto la soledad. Se sentirá muy sola en los próximos meses.

Iba destapando las cartas lentamente y hablaba de manera rutinaria.

—Es usted hija única y no hay niños en su entorno. No tendrá descendencia.

De pronto se paró bruscamente y la miró a los ojos.

—Veo un accidente, pero no se preocupe, no la afectará más que de manera circunstancial. Se va a producir una muerte muy cercana.

—Eso no es nada excepcional, teniendo en cuenta a lo que se dedica —dijo Azofra, que ya empezaba a impacientarse.

—En este caso sí es excepcional, porque se trata de un crimen.

—¿Qué clase de crimen? —preguntó Telma con escepticismo.

—Se trata de alguien de su entorno; la víctima será un hombre mayor.

—Ya está bien, vamos a llegar tarde —interrumpió Azofra bruscamente—. Si tanto te divierte, puedes seguir esta noche, cuando regresemos al hotel.

—¿Yo qué pinto en esa historia? —preguntó Telma.

—Más de lo que quisiera —respondió el brujo—, poco puedo añadir.

Se despidieron precipitadamente para dirigirse al restaurante donde esperaban el resto de los congresistas. Nadie creyó en los vaticinios del brujo, pero Telma se quedó incómoda después de aquella sesión improvisada a pleno sol del mediodía. Apenas pronunció palabra durante el trayecto. Se limitaba a contestar con monosílabos a los triviales comentarios de su acompañante.

—Espero que tengamos tiempo para dar una vuelta por la ciudad. ¿Te has asomado alguna vez al mirador de San Nicolás? —le preguntó el doctor Azofra.

—No —respondió Telma.

—Pues merece la pena. Es una vista magnífica. Se ve el Darro, toda la Alhambra encendida y la sierra Nevada al fondo. Iremos cuando se ponga el sol. Es una pena que no sepas esquiar.

—¿Por qué?

—Porque me gustaría que vinieras conmigo algún fin de semana. También quiero llevarte al Museo Arqueológico, tiene piezas iberas, fenicias y romanas muy interesantes.

—Prefiero ir al Sacromonte —dijo Telma sin excesivo entusiasmo.

—Pero, Telma, si en el Sacromonte sólo hay espectáculos para turistas.

—De todos modos, quiero ir —insistió Telma—, me gustan más los gitanos y los árabes que los fenicios y los romanos.

—Hay cosas más interesantes —concluyó el doctor Azofra, dando por finalizada la conversación.

Telma no compartía demasiadas aficiones con Manuel Azofra, excepto el trabajo en la clínica, algunos viajes esporádicos y, de vez en cuando, la cama. Era una eminencia en su especialidad; Azofra gozaba de merecido prestigio profesional y tenía, además, una corte de enfermeras deslumbradas por su cuerpo de atleta. Como todos los hombres de su especie, además de promiscuo era un deportista hiperactivo y un tipo poco sociable; prestaba escasa atención a todo lo que no fuera su salud y su trabajo. Obsesionado por mantenerse en forma, experimentaba en su propio organismo los últimos avances clínicos. Cuidaba su alimentación de forma neurótica; se inflaba de remedios naturales, litros de kefir, lecitina de soja, cartílago de tiburón, una sobredosis de procaína diaria y zumos de fruta combinados, naranja y limón, manzana y uvas, tomate, remolacha y zanahoria, con un toque de espinacas o alcachofas. Para elaborar sus bebistrajos se había comprado una potente máquina de exprimir y una licuadora industrial de las que emplean en las cocinas de los hospitales y en las cafeterías de los hoteles. No reparaba en gastos. Buscando el elixir de la eterna juventud, en más de una ocasión se había inyectado glándula de cerdo y, por supuesto, ingería grandes cantidades de pescado crudo. Con el mismo fin, uno de sus colegas le suministraba unas cajas con varias ampollas de fluidos multicolores procedentes de una clínica suiza, que se inyectaba una vez al año. Recientemente se estremeció al leer en una publicación científica que fueron retiradas de la clínica en cuestión al comprobar que estaban elaboradas con hipófisis de ternera, alguna de las cuales llegó a presentar síntomas de la enfermedad de Jacob Creutzfeldt, conocida como el mal de las vacas locas.

Tras un almuerzo extenuante, Telma y su jefe regresaron al hotel dispuestos a echarse la siesta.

No hubo una sola vez que pudieran estar juntos en una habitación sin fornicar. A Telma la impresionaba el empeño que ponía Manuel en demostrar su capacidad amatoria. En esta ocasión le hubiera gustado descansar en la otra cama y tomarse un respiro a la hora de la siesta. Era imposible. Apenas cerraron la puerta le desabrochó la camisa al tiempo que se quitaba los zapatos y se desprendía del cinturón. Cuando Manuel, medio desvestido, le dio el primer beso ya parecía fuera de sí. Jamás preguntaba si tenía ganas. En seguida pasaba a la acción. Debía admitir que era muy persuasivo sexualmente. La manipulaba con una destreza prodigiosa y a los pocos minutos ella también se sentía excitada. Resulta siempre más difícil que los demás hagan lo que queremos que hacerlo nosotros; lograrlo es un prodigio. Cuando la ponía más ardiente, él se contenía y la llenaba de caricias lentas, le lamía la espalda mientras endurecía sus pechos con las manos y se apretaba por detrás introduciendo pausadamente su sexo poderoso. No tenía la menor duda de que conocía las mejores técnicas para festejar el cuerpo de una mujer. Tal vez fuera sólo cuestión de habilidad, pero sabía cómo lograr que se entregase complacida, sin oponer resistencia.

—Oh, Telma, hermosa Telma, eres la mujer más ardiente del mundo —le susurraba en la oreja antes de introducirle la lengua.

Y ella gemía de placer, como si hubiera tocado el punto preciso para excitarla un grado más.

—Te adoro. Eres mi diosa —le iba diciendo entre jadeo y jadeo—. Sólo tú eres capaz de sacarme lo mejor que llevo dentro —continuaba susurrando mientras le restregaba su cuerpo sudoroso—. Me estás dando la vida, amor mío —seguía rezándole al oído.

Era precisamente lo que le gustaba tanto; que le hablase con esa ternura infinita al tiempo que la manipulaba tan certeramente; que no le hiciera preguntas. Todos los hombres tienen dudas en la cama y preguntan hasta el aburrimiento: voy bien, cómo te gusta, qué quieres que haga, aquí, así, más despacio, más de prisa, qué sientes, termino... Él no tenía necesidad de saber más. Manejaba su cuerpo de forma salvaje, como si estuviera copulando con un animal encelado, pero sin perder jamás el control de la voz. Se acoplaba de tal modo a sus entrañas que parecía hecho a su medida. Jamás se le escapaba algo zafio, brusco o ramplón; todo lo que salía por su boca sonaba a música celestial. ¿Dónde había aprendido a amar como una fiera? Adoraba, además, su cuerpo desnudo, bronceado, musculoso, no demasiado grande, tamaño perfecto para abarcarlo por la cintura, por las nalgas, por el pecho, levemente recubierto de vello rubio y bien distribuido, el esternón bien marcado, cóncavo hasta el ombligo, donde había bebido tantas veces.

Se hizo el silencio cuando sus bocas se unieron en un beso largo, profundo y lascivo. Telma se apartó de sus labios para lanzar aullidos de loba mientras él la tapaba suavemente con la mano. Sabía mejor que nadie cómo dominarla sexualmente.

—Abre los ojos. Quiero quedarme dentro de ti toda la vida... No huyas. No me dejes salir... Muérdeme para que no me vaya. Me muero. Así, así...

Olvidaron decir que no les pasaran llamadas; el teléfono llevaba un buen rato sonando.

—Sí —respondió Telma con un hilo de voz.

—¿Doctora Suárez? —preguntó el recepcionista.

—¿Qué pasa? —dijo alterada.

—Perdón, tiene usted un mensaje de don Baltasar Orellana y un ramo de flores. ¿Quiere que se lo suban?

—Ahora no. —Y colgó de mala manera.

Se incorporó bruscamente y miró hacia la ventana.

—¿Quién era? —preguntó Manuel.

—¡Quién va a ser! Baltasar Orellana. Es como una pesadilla.

Lo primero que hizo al llegar a su casa fue llamar al Alhambra Palace. Quiso sorprender a Telma y le envió un ramo de flores con una tarjeta: «Cuando todo termine, deseo que me envíes rosas amarillas donde quiera que esté. Mientras espero ese instante, que presiento cercano, te las enviaré yo a ti, siempre con un beso. Baltasar.» Telma recibió la sorpresa en el momento más inoportuno. El viejo Baltasar era un intrépido. Hacía un par de noches que había rechazado su ofrecimiento y allí estaba otra vez, a unos cuantos minutos de la habitación que compartía con el doctor Azofra.

El carmen donde pasó su infancia Baltasar Orellana estaba un poco más allá de la calle del hotel Palace. En esa ladera de la colina situada frente a la Alhambra las calles son tan estrechas y sinuosas como un laberinto. Aunque su casa se podía distinguir fácilmente del resto, Baltasar quiso ir a buscar a Telma para que no se perdiera. Esperaba pasar la noche con ella, por eso mandó preparar la mejor habitación, situada en una de las torres, donde al caer la tarde se disfruta la mejor vista del palacio encendido por el sol del ocaso. No quería pecar de imprudente, de modo que él dormiría en el estudio de la otra torre colgada sobre el jardín de los cipreses. Cenarían en el salón de arriba, el de la claraboya, para ver el cielo estrellado y el resplandor de la luna. Asomados al balcón, un gran vano compuesto por una galería de columnas rematadas en medio punto y cerradas con una celosía blanca, Baltasar y Telma podrían contemplar, antes del anochecer, el gran espectáculo de la sierra Nevada.

El abuelo de Baltasar, un aristócrata viajero y soñador, dedicó los últimos años de su vida a la reconstrucción del carmen. Lo hizo al gusto de la época, entre árabe y neorrenacentista, con un toque de grandiosidad oriental, bien integrado en el paisaje granadino. Baltasar está orgulloso del carmen de los Orellana. Sobresale por encima de todos los edificios que salpican la ladera. Es un edificio alto, de un blanco luminoso, moteado por el verde de los cipreses, cuyo interior se divide en tres partes bien diferenciadas: la vivienda propiamente dicha, que albergaba a toda la familia; el estudio que ocupa las torres, y el salón, de uso exclusivo del abuelo; y una serie de estancias intermedias repletas de los recuerdos que fue acumulando a lo largo de sus andanzas por el mundo. Sólo al pequeño Baltasar le estaba permitido jugar con aquellos objetos, algunos de gran valor artístico y otros simples baratijas de bazar oriental: escarabajos egipcios, figuras de marfil, ídolos africanos, budas de jade, pinturas tibetanas, yeserías nazaríes, esculturas de la India, iconos rusos, Cristos románicos, cruces bizantinas y una extensa colección de pintura que tenía especial interés en mostrar a Telma, pues fue el origen de su pasión por el arte medieval. El único lugar donde tenía prohibido el acceso era al minúsculo gabinete del diván, tapizado de telas adamascadas y repleto de alfombras orientales. Era el coto vedado del abuelo, probablemente un fumadero de opio donde, a la vuelta de cada viaje, se encerraba días enteros con alguna mujer. A veces, incluso, organizaba fiestas con amigos pintores y escritores, que pagaban a los gitanos del Sacromonte para bailar y cantar flamenco hasta el amanecer. No cabe duda de que el viejo Orellana era un hedonista de hábitos un tanto depravados para la época. La madre de Baltasar detestaba las costumbres paganas del abuelo y en cuanto le fue posible se fue a vivir a Madrid.

Los jardines del carmen tampoco tienen desperdicio. A la entrada, la estatua clásica de un Apolo romano preside la parte central, rodeada de una columnata renacentista y capiteles califales, que da paso a otro recinto con la pérgola, el estanque y el surtidor iluminado, frente a la figura de una Venus mutilada. Escaleras con barandillas del mismo mármol que las piezas escultóricas, traído de Macael y aun de más lejos, enmarcan cada una de las divisiones del enrevesado jar-

dín, lleno de espacios íntimos, recónditos, llenos de
sombras, ocultos a las miradas de la gente. Además de
los cipreses, los arbustos recortados de boj, cuyas hojas se mantienen igual de lustrosas y duras que en
tiempos del abuelo, sobrepasan los tres metros. Las
enredaderas alcanzan a lo alto de las torres y entre
tanto verde oscuro se entremezclan rosales y jazmines,
que cuando florecen lo inundan todo de un aroma
denso y casi irrespirable.

¡Lástima que no haya llegado la primavera!, pensó
Baltasar tratando de recordar el incitante olor del jazmín. ¡Lástima no tener veinte años menos para ofre-
cerle a Telma todo cuanto poseo!

La noche había sido gélida, pero a la mañana siguiente volvió a lucir el cálido sol invernal. Al término de la sesión, Azofra fue con Telma caminando hasta la puerta del carmen de Orellana, donde tenía una cita con Baltasar. De nada le valieron las disculpas; era tan persuasivo que logró convencerla una vez más. «Si lo prefieres —le dijo—, puedes venir con el doctor Azofra.» Pero él había rechazado la invitación de manera rotunda.

—No me pidas que vaya; no soporto a ese viejoególatra.

La respuesta de Azofra fue tajante a pesar de la insistencia de Telma. Sólo había visto a Baltasar el día que le visitó en la consulta de la clínica, pero aquel breve encuentro fue suficiente para comprobar que le detestaba como paciente. Por eso, desde el primer momento, dejó el caso en manos de Telma. Le sobraba experiencia para intuir que Baltasar era un hipocondríaco prepotente; que pertenecía a esa clase de enfermos detestables para un médico demasiado riguroso como él. Sabía, sin embargo, que a Telma se le daban bien los viejos maniáticos; los trataba con mano izquierda y se dedicaba a ellos con toda la paciencia del mundo.

—Lo pasaría mejor si estuvieras tú —dijo Telma en un último esfuerzo por convencerle.

—No te preocupes; seguro que te diviertes, ya verás.

Se despidieron unos metros antes de llegar a la casa.

La puerta se abrió antes de que Telma tocase el timbre. Alguien había advertido su presencia. Un mayordomo la hizo pasar al enorme recibidor donde la esperaba Baltasar.

—Mi querida Telma, no sabes cómo te agradezco que hayas venido.

Se quedó atónita contemplando el espectáculo. Las paredes estaban repletas de pinturas bellísimas y en medio de aquella pieza inmensa había un surtidor con una delicada escultura en el centro. Las alfombras dejaban semidescubierto un suelo de mármol blanco inmaculado y las paredes acababan en un primoroso remate de mosaico mudéjar. Varios haces de luz iluminaban gigantescos jarrones chinos que adornaban cada esquina y, en lo alto, a través de una cúpula transparente, se veía el cielo azul. El lugar le producía una sensación extraña y, sobre todo, encontrarse allí junto a aquel hombre que sin querer formaba parte de su propia historia.

—¡Es maravilloso! —exclamó Telma.

—Me alegro de que te guste —respondió emocionado Baltasar—, tengo un enorme cariño a esta casa. ¿Cómo no ha venido Azofra? —preguntó Baltasar.

—Tenía un almuerzo con unos colegas norteamericanos y no podía faltar a la reunión de la tarde. Me ha dicho que le disculpes.

La contemplaba tan embelesado que permaneció un rato inmóvil frente a ella, absorto, sin pronunciar palabra. Nunca había visto un rostro tan bello. Una luz pálida se filtraba del cielo y le iluminaba la cara. Su melena corta, dorada y brillante le caía sobre una de las mejillas. En ese instante se cumplía el principio de un sueño. Tenía que actuar de prisa para llegar al final y ver culminada su ambición; la única que le quedaba a estas alturas de su vida. El resto de su existencia estaba pendiente de este día que llevaba planeando minuciosamente desde hacía mucho tiempo. No aspiraba a otra cosa. Se produjo el milagro. Sólo le pedía a Dios veinticuatro horas más. No le importaría morir a la mañana siguiente después de tenerla a su lado, respirando en su almohada, desperezándose entre las sábanas blancas que siempre olían a sol y a brisa. Estaba saboreando los minutos más felices de su vida. Por primera vez en muchos años, todo le mereció la pena; los folios que le aconsejó escribir en los últimos tiempos; la bendita pérdida de memoria gracias a la cual pudo conocerla; las noches de insomnio que le permitían pensar más en Telma, aunque entretanto tuviera que compartir la cama con ese pedazo de carne marchita que había jurado no volver a tocar. Le dejaría a Telma todas las tablas de su colección, el carmen, las pinturas de su abuelo, los recuerdos de su madre. Había encontrado, al fin, una digna heredera de sus preciados tesoros. ¡Qué placer! Todos se quedarían pasmados cuando el notario diera lectura al testamento y apareciera, de pronto, el nombre de Telma en medio de aquella bandada de cuervos voraces. No estaba loco, se sentía completamente eufórico; más saludable que nunca. Dedicaría la noche a emborracharse de vino, de champán y del cuerpo de Telma.

—No sé qué hacemos aquí parados, mi querida Telma, ven, quiero que veas cada rincón de esta casa.

Se le quebró la voz pensando en el gabinete del diván, donde pensaba poseerla. No se lo enseñaría hasta el final. Le diría que nadie había entrado en esa pieza desde la muerte del abuelo; así, cuando ella se empeñara en abrir la misteriosa puerta, sentados los dos en el diván, le contaría la historia de su mujer y la muerte de su hijo, y entonces buscaría consuelo en sus brazos. No podía continuar con el resto de la escena, pues al imaginar ciertos detalles notó la primera erección en mucho tiempo y unas ganas incontenibles de poseerla allí mismo. Al sentirlo se turbó y con los ojos húmedos se quedó mirando fijamente los labios de aquella mujer fascinante.

—¿Qué te pasa, te encuentras mal? —preguntó Telma al notarle extraño.

—No es nada. Sólo que me entristecen los recuerdos —mintió.

—Lo comprendo, está casa debe de estar llena de fantasmas.

De pronto se arrebató, cogió la cabeza de Telma entre sus manos y la besó en la boca, sin que ella tratara de impedirlo.

—Perdóname, te lo suplico, no quise hacerlo.

Sin decir una palabra, Telma le secó las lágrimas y le acarició la cara con toda dulzura. En contra de lo previsto, la tomó del brazo para subir precipitadamente la escalera, entró en el gabinete y, cuando se sentó en el diván junto a ella, le puso el miembro duro y erecto en sus manos.

—Mira lo que eres capaz de hacer. Esto es un milagro.

La pasividad de Telma, lejos de sorprenderle, le incitó a continuar. Ella seguía sin ofrecer la menor resistencia. Extraña actitud la de aquella mujer que horas antes comentaba con su amante lo molesto que era sentirse acosada por aquel viejo. Se dejó desnudar, impasible, embobada, como si le hubiera dado un aire, y cuando la cubrió con su cuerpo ella le abrazó con fuerza y le dijo:

—No sé por qué lo hago, pero me desconcierta que me quieras tanto.

—Puedes estar segura de que te adoraré hasta que me muera. Llevo demasiadas noches soñando con este momento sublime.

Y, sin más preámbulos, la penetró con un vigor inconcebible para un viejo. Telma permaneció inmóvil, dejándose hacer, entregada, sin signos aparentes de disgusto. Al terminar, él bramó como un toro y, exhausto, dejó caer todo su peso sobre ella. Sólo entonces, Telma se puso tierna y estuvo acariciándole durante mucho tiempo, hasta que Baltasar se durmió como un niño.

—Te estoy aplastando —dijo de pronto, sobresaltado.

—No te preocupes —respondió Telma—, es la primera vez que tengo una fiera sobre mi regazo.

—¿Te gustan los animales?

—Me entusiasman.

—Tengo hambre, ¿vamos a comer?

—Sí, yo también tengo hambre.

Grafomanías
(10 de noviembre)

Ayer fue el aniversario de mi hijo y estuve en el cementerio. Pasé un mal día. Quiero olvidarlo. Ya no deseo recuperar el pasado. Sólo quiero vivir el presente con Telma, porque el pasado ha perdido su razón de ser y el futuro, por más que se prolongue, tampoco existe para nosotros. Hago intentos por dar sentido a la última experiencia que he tenido en esta vida que ya se acaba. ¿A quién le importa que yo muera? Hace tres días estuve en Granada y, desde entonces, no hago otra cosa que pensar en Telma. Me gustaría tanto envejecer a su lado o, para ser más preciso, rejuvenecer junto a ella. No he vuelto a estar con Telma. Aún no entiendo de dónde saqué la fuerza aquella noche. No le dije que había visto cómo se besaban antes de entrar en mi casa. Desde el primer día me di cuenta de que estaba liada con Azofra.

Probablemente venía de acostarse con él; parecía cansada.

Detesto a las parejas felices. Por suerte, ese tipo es un imbécil y me parece imposible que esté enamorada, pero le admira y eso me hace odiarle. Es ridículo que la gente tenga esa veneración por los catedráticos; la mayoría son de una vanidad extrema. Da igual que sean torpes o listos, malos o buenos, cultos o ignorantes; se les considera gente digna y respetable. Sin embargo, yo mismo he colaborado a que, sin méritos suficientes, muchos lo sean. Hace unos meses, sin ir más lejos, el hijo más tonto de un ilustre banquero vino a pedirme que le recomendase ante un tribunal en el que había varios amigos míos. Aprobó el examen gracias a mi influencia y este cretino, al que regalé la cátedra, pasará por ser una persona respetada intelectualmente sólo porque imparte clases en la universidad. Pobres alumnos.

Todo el mundo que llega a algún sitio, aunque sea por métodos fraudulentos, ha llegado y ya no hay vuelta de hoja. Por más que te canses de repetir que es un lerdo, en el fondo nadie te creerá. Una vez que alguien llega arriba se habrá convertido en un personaje importante, avalado por una comunidad llena de ineptos. Conozco a estúpidos que han llegado a fiscales generales del Estado, ministros de Justicia, catedráticos de Derecho Internacional, magistrados del Supremo, presidentes de Gobierno; muchos están al frente de importantes organismos internacionales, incluso les han concedido el Nobel. Puedo dar nombres y apellidos. A pesar de que gozan de gran prestigio social, ninguno vale nada.

Llevo varios días pensando en el número de estúpidos que me rodean. Hay cantidades ingentes. Soy consciente de que, a veces, yo mismo me comporto como un estúpido; es un mal que actúa indiscriminadamente, pero la diferencia es que ellos actúan a todas horas de manera estúpida y causan un enorme daño al prójimo. A mí sólo me pasa de vez en cuando. Azofra es de los más peligrosos, porque tiene eso que llaman autoridad moral y su capacidad de fastidiar está potenciada por su posición. Como la cosa más natural del mundo, este estúpido ha aparecido de improviso y, además de complicarme la vida, me ha destrozado los nervios. Me entran ataques de pánico cuando me imagino a los dos en la cama. No puedo soportar la idea de que ese necio vanidoso pueda arrebatarme a Telma.

No hablo de las crisis de pánico en sentido figurado. Es algo tan cierto como exasperante. La primera vez que me ocurrió fue durante el último viaje a La Habana. Me había encargado el presidente que le hiciera el favor de sondear cómo iban las cosas con Cuba y fui a ver a mi buen amigo Andrade, que mantiene excelentes relaciones con el «número dos». Como es sabido, el número uno está gagá, se limita a figurar en las cumbres internacionales y ya no interviene en esta clase de asuntos. Andrade me puso en contacto con el número dos para que le transmitiera un mensaje del presidente. Me citó en Varadero y envió un antiguo Mercedes para recogerme en el hotel. De allí me llevaron al aeropuerto militar para subir a uno de esos viejos helicópteros rusos donde estaba esperando el número dos. Los cubanos viven todavía la guerra fría y se sienten rodeados de espías por todas partes, así que el hombre decidió que mantuviéramos la conversación en helicóptero para que nadie pudiera escucharla. Sólo iba con el gobernador del Banco de Cuba, el número dos, una azafata uniformada y dos pilotos militares. Nunca había tenido miedo a volar y, de repente, cuando las puertas de aquel trasto se cerraron, empecé a sudar y sentí que el suelo se transformaba en un objeto maleable. La azafata hizo lo posible por tranquilizarme y me ofreció un mojito, bebida que detesto. Por un momento pensé que se trataba de un amago de infarto; los demás creyeron que la humedad y el calor pegajoso de la isla me habían alterado la tensión y no le dieron mayor importancia. Por suerte se me pasó en unos minutos y me distraje viendo el paisaje, sin prestar demasiado interés a la conversación en la que mis dos interlocutores ponían el afán de los altos secretos de Estado. La cosa no era para tanto. Me mostraban desde arriba cincuenta mil hectáreas de una plantación de naranjos que iban a ser recolectadas por los chilenos y comercializadas por los israelíes con unas máquinas que me parecieron prehistóricas. Luego, hacia el norte de la isla, señalaron unos pozos de petróleo de donde sacan el crudo y lo queman directamente, sin refinar, para producir electricidad.

—Aquí tenemos metidos a los canadienses —me contaba el gobernador—, que están asociados con algunas empresas norteamericanas; naturalmente, sin conocimiento del Senado.

Y así fuimos recorriendo todo el país, haciéndome ver que la economía marchaba muy por delante del proceso político, que no cambiaría un ápice hasta que no desapareciese el comandante. Me importaba todo un bledo, pero tenía que esforzarme en trasmitir la buena voluntad del presidente por recomponer unas relaciones que estaban verdaderamente maltrechas. Antes de regresar a La Habana me mostraron la construcción de un hotel en Varadero.

—Esto lo hacen unos compañeros socialistas españoles que están metiendo mucha plata en la isla —señaló malévolamente el número dos—. Así que ya te digo, senador, o tu Gobierno espabila o se lo meriendan todo los chilenos y los canadienses. Lo que no queremos es que, al final, sean los gringos, como siempre, los que se lleven el gato al agua.

Cuando tomamos tierra en el aeropuerto militar juré no subir jamás en helicóptero. No sé por qué cuento estas batallas, que han dejado de interesarme por completo. Lamentablemente, se ha repetido aquella desagradable sensación con cierta frecuencia, aunque entonces no supe que se trataba de un ataque de pánico como el que tuve cuando me vi encerrado en el sarcófago de la resonancia magnética. Fue Telma quien lo diagnosticó meses más tarde. Volvió a sucederme. En otra ocasión tuvieron que sacarme del restaurante donde estaba cenando con los amigos de los viernes. Me habían instalado entre dos comensales que no paraban de hablarme y de nuevo rompí a sudar, me ahogaba, el corazón se me disparó, el pulso se aceleraba y pedí que llamaran urgentemente a un médico. María Luisa me llevó al jardín de El Bosque a tomar el aire, empecé a respirar de forma pausada y el corazón fue recuperando lentamente su ritmo normal. Cuando llegó el médico ya no quedaba rastro de lo que llamaron una indisposición sin importancia.

He vuelto a tener la misma sensación algunas noches en la cama; cada vez que María Luisa se acerca insinuante. No puedo soportarla más. Con la disculpa del insomnio, los ahogos y la taquicardia, he logrado instalarme en otra habitación. «Ya estoy viejo, María Luisa», le dije el otro día para quitármela de encima y, de momento, lo he logrado. Sé que me odia más que yo a ella, pero no me dejará escapar. Le sucede lo que a la mayoría de las mujeres. No tiene vida propia.

El tiempo pasa muy de prisa para los viejos. A medida que se van cumpliendo años, cada semana se hace más pequeña. Los siete días que habían transcurrido desde la noche que estuvo con Telma le parecían una eternidad. No podía seguir esperando a que le diera una cita, de manera que irrumpió en la consulta sin avisar. Tenía necesidad de contarle el secreto no compartido con nadie. El día que estuvo en el cementerio, ante la tumba de su hijo, pensó que le haría bien hablarlo con Telma. Quizá le aliviase el profundo dolor que le horadaba cada vez que revivía la aciaga visión del triciclo entre los árboles. Estaba seguro de que ella era capaz de hacer menos amargos sus recuerdos.

Esperó, como siempre, a que pasaran todos los pacientes y la enfermera le dejase a solas con Telma. Le fue difícil empezar a hablar. Era la primera vez que la encontraba esquiva. Le saludó de manera distante, simulando una afectada amabilidad y pidiéndole disculpas por hacerle esperar.

—Lo siento, ya ves, a la vuelta del congreso se me acumuló el trabajo —le dijo Telma—. Hubiera preferido verte con más calma.

—No quiero molestarte, tampoco pretendo hablar de lo nuestro en Granada. Te ruego que consideres mi consulta como una urgencia; en realidad lo es. Te he ocultado algo decisivo durante todo este tiempo; algo de vital importancia para mí y para lo que quede después de mí.

Y sin más preámbulos le contó la historia oculta de su vida. Estuvo casado, lo estaba todavía, con una aristócrata sevillana con la que tuvo un hijo precioso, como todos los hijos. No quería entrar en excesivos detalles, ni contarle que estuvo profundamente enamorado de aquella mujer, ni hablar de la fortuna que le arrebató con argucias legales, ni de que nunca quiso anular aquel matrimonio por sus profundas creencias religiosas, ni tampoco divorciarse. El hecho es que, a pesar de que todo el mundo le creía soltero, seguía casado con ella, pues aún vivía encerrada en un monasterio al cuidado de las monjas de clausura a las que había donado parte de su fortuna.

La historia era simple y tremenda. El hijo que tuvieron murió antes de cumplir los tres años. Los dos vieron el accidente desde la terraza de la casa del paseo de Rosales. Era un domingo por la mañana y la niñera le había bajado al parque del Oeste para jugar con el triciclo. La maldita niñera no se dio cuenta de que el niño estaba cruzando el paseo central con el triciclo cuando le atropelló un coche blanco. Desde arriba se escuchó el frenazo y los gritos de la gente al ver al niño ensangrentado, aplastado, muerto. Bajó enloquecido la escalera para hacerse cargo del cadáver de su hijo. No esperó al juez, no escuchó a nadie; lo subió en brazos a la casa, lo dejó sobre la cama y se tumbó a su lado hasta que llegó el forense. Los criados impidieron que la madre, fuera de sí, se tirase por la ventana, pero ya había perdido la cabeza para siempre. Permaneció en la casa durante seis meses, vigilada día y noche por su fiel Angelina para que no se quitara la vida. No pudo resistir más aquel infierno y la encerró en el convento. Prohibió a todo el mundo hablar de la tragedia y, al cabo del tiempo, dijo que su mujer había muerto. No era verdad, estaba viva y ya no recordaba cómo era, porque nunca fue a verla.

—Cuando murió mi hijo destruí todas las fotografías familiares. No queda rastro de su paso por esta vida inmunda.

Nunca quiso compartir su desdicha y ni siquiera sabía por qué de repente tenía esa necesidad patológica de contárselo a Telma, que ahora le escuchaba solícita y conmovida. Cuando el viejo terminó y rompió a llorar, Telma le vio por primera vez tan indefenso, huérfano y desvalido que al fin se conmovió, se levantó de la silla, se dirigió al otro lado de la mesa y acunó en su regazo a Baltasar como si fuera un niño.

151

Regresó a casa en paz consigo mismo y con el mundo. Tenía que haberse vaciado antes. Nadie le había consolado tanto. Telma le ayudó a recuperar lugares que hacía tiempo dejaron de existir y personas que habían desaparecido para siempre. Todo seguía vivo en su memoria. Aquella tarde hizo un viaje en el tiempo y volvió a visitar escenas del pasado que durante años se le aparecían como fantasmas espectrales. Su propia imagen formaba parte de cada recuerdo. El pasado regresaba a su conciencia como un torrente de imágenes que distaban años entre sí, quizá décadas, en un principio caóticas, aunque pronto se iban ordenando hasta formar una cronología coherente.

Apenas pudo hacer otra cosa que hablar de su pasado durante los días que siguieron. Telma le escuchaba pacientemente al otro lado del teléfono y le iba dando pistas para seguir recordando hasta llegar a la tarde que perdió la memoria. «Recuperar un recuerdo —le había dicho— es como entregarse a recomponer un puzzle gigantesco; imagínate la multitud de piezas que se necesitan para hacer un tríptico del tamaño de *El jardín de las delicias* o, si lo prefieres, reconstruir un dinosaurio partiendo de unos fragmentos de hueso.» Telma se había convertido en su antropólogo de urgencia. Estaba a punto de armar la totalidad del esqueleto cuando, de pronto, sintió deseos de abrazarla otra vez, pero ella siempre ponía tierra por medio.

«Quiero ayudarte, pero será mejor para los dos que no nos veamos durante unos días.»

Estaba ansioso esperando la llamada de todas las tardes cuando Angelina entró en su habitación con una carta que acababa de traer un mensajero. Era un sobre ocre con el remite de Telma. Lo desgarró y se puso a leer la carta de su amada.

Querido Baltasar: No podemos seguir así. No sé cómo explicarte lo que me sucede. Verás, tengo una manera de ser que provoca toda clase de equívocos. Esta manía de comprender a los demás, de ponerme en el lugar del otro, de ser tímida o audaz, sensata o arriesgada, prudente o temeraria, según quien se me pone delante, suele inducir a error. Te pondré un ejemplo. Estoy totalmente arrepentida de lo que pasó en tu casa de Granada. Siempre he sido la mujer espejo, supongo que no me entiendes, ahora lo llaman empatía; pues bien, tengo exceso de empatía. ¿Sabes lo que me pasa? No te enfades, por favor, acostarme contigo fue una decisión consciente y voluntaria, pero no quiero que vuelva a suceder.

Es cierto que te he cogido cariño; en realidad, te tengo afecto, bueno, incluso no miento si digo que te quiero, pero sólo me acosté contigo por un exceso de amabilidad, porque era una noche demasiado especial para no ceder a tus deseos. Soy de esa clase de mujeres que se excitan al verse deseadas, aunque la mayoría de las veces no nos guste ver culminado ese deseo en el acto sexual. Aquella noche, sin embargo, estábamos tan sincronizados que no quise poner límites eróticos a nuestro idilio intelectual o, llámalo como quieras, porque es verdad que existe un intercambio físico cuando se disfruta del mismo plato y se saborea el vino en la misma copa. Además, estábamos los dos muy necesitados de afecto. Si llego a frenar tus anhelos no hubieras podido soportar la decepción y nuestra armonía se habría roto para siempre. Te aseguro que eres un amigo muy querido y me parece una falta de respeto dejarte en ese estado de excitación, jadeante y muerto de deseo. En tales circunstancias, yo me pregunto hasta dónde se puede llegar. ¿No está más recóndita el alma que la boca? Aquel día llegaste hasta el fondo de mi alma. ¿Por qué iba a impedir que penetraras también en el último rincón de mi cuerpo? No voy a convertir este monólogo en una justificación, sólo pretendo que respetes mi deseo: no quiero ser tu amante, porque eso únicamente sería para ti si después de otro encuentro terminamos en la cama. Por eso no he querido verte últimamente, lo cual no implica que esté deseando hablar contigo o, mejor dicho, escuchar tu voz todos los días. Sé lo difícil que te resultará aceptar esta aparente incongruencia, sin embargo quiero que me entiendas.

Por no dejarme acariciar he perdido a amigos entrañables y, después, lo he lamentado. Nos sucede con frecuencia; en contra de lo que se dice, la mayoría de las mujeres entregamos nuestro cuerpo con facilidad, sin oponer resistencia; unas veces por simpatía, otras por agradecimiento y algunas incluso por temor. Acuérdate cómo te reíste cuando mencioné de pasada que me habían violado. Es cierto. Un cerdo abusó de mí cuando tenía diecisiete años, pero en aquellos tiempos nadie se atrevía a denunciarlo, sobre todo en un caso como el mío, porque yo no ofrecí resistencia. *Me quedé inmóvil ante aquel animal babeante; se me echó encima antes de que fuera consciente de lo que me estaba sucediendo. En realidad no tenía la menor experiencia, era virgen y, por lo tanto, la primera vez que me violaban, y jamás imaginas que te vaya a suceder a ti. La expresión de su cara me produjo un miedo paralizante. Me limité a musitar en voz baja «no, por favor, no, no lo hagas, te lo ruego», pero estaba ciego, convulso, endemoniado y no quiso escuchar mi súplica. No me atreví a defenderme, a pegarle una patada, porque veía la escena en el espejo de un armario y me estaba dando asco y vergüenza de mí misma.*

Afortunadamente sucedió con tanta rapidez que ni siquiera me di cuenta de que me hacía daño, apenas tuve tiempo de pensar por qué estaba allí, con ese cerdo hablando de literatura. En realidad me había llevado a ver unos libros antiguos, yo me lo creí y me culpaba a mí misma de ser una imbécil. La única disculpa es que era demasiado joven y tenía fantasías literarias. Ni antes ni después intentó besarme, terminó de follar, me pidió perdón, me dijo «por favor, no se lo digas a nadie, tú eres una menor y a mí me pueden fusilar, porque soy militante del partido comunista», y yo me fui de allí sin soltar una lágrima, con una tristeza infinita que me impidió pronunciar una sola palabra durante tres días. Me quedé muda. Me sentía sucia y culpable. Nunca hasta ahora he podido contarlo. Como ves, también tengo, en cierto modo, amnesia psicogénica.

Probablemente, aquel suceso me dejó indiferente ante determinados apremios sexuales. Después de aquello no soporto las ansias de copular a las primeras de cambio, a no ser que demuestre la misma ansiedad por mi parte. Sólo en ciertos períodos de la vida, independientemente de la edad, las mujeres sentimos un ardor sexual insaciable, el erotismo devastador que a vosotros os domina incluso, perdóname, a una edad como la tuya. Estoy encantada de haberte conocido y ha sido un placer compartir contigo la embriaguez que me llevó al éxtasis, pero olvida cuanto dije mientras estuve debajo de tu cuerpo. No quiero que se repita. Si seguimos por este camino, temo hacerte daño. No esperes mi llamada. De momento no puedo hablar contigo por teléfono y, mucho menos, mirarte a la cara. Te quiero a mi manera.

TELMA

Se quedó paralizado durante unos instantes y cuando recobró las fuerzas se fue hacia el teléfono y la llamó.

—Lo siento —le dijo la enfermera—, la doctora no puede atenderle. Está de viaje. Volverá el lunes.

Nunca es tarde para rectificar un error. Baltasar quiso dejar unas cuantas cosas hechas antes de morir. Tenía la sensación de que estaba viviendo las últimas semanas o incluso los últimos días de su vida. Dormía cada vez peor, se cansaba con facilidad, comía poco y su pérdida de peso era evidente. Lo notaba en las chaquetas cruzadas y, sobre todo, en los agujeros del cinturón. Nadie se lo había dicho, y no porque trataran de ocultarlo, sino porque no se daban cuenta; nadie le había visto desnudo últimamente, ni tampoco le miraban con la suficiente atención. Un par de días atrás había tenido un leve desvanecimiento en la bañera, quizá porque el agua estaba demasiado caliente o porque no había pegado ojo la noche anterior. Además de fuertes dolores de estómago, sentía una oscura presión en el pecho, junto al esternón, una opresión que no era dolorosa aunque le producía cierta fatiga. No quiso comentárselo a Telma y en cuanto a María Luisa apenas tenían relación; seguían durmiendo en habitaciones separadas y ella ni siquiera le miraba cuando se cruzaban por la casa. Únicamente Angelina parecía preocupada por su falta de apetito y se esforzaba en prepararle copiosos desayunos con un gran tazón de leche y doble ración de pan con aceite; él sólo se tomaba el cuenco de papaya con zumo de naranja. Había tenido varias pesadillas con su propia muerte y quería disponer del tiempo necesario para recuperar ese pequeño vacío en la memoria, esclarecer una serie de misterios, cambiar el testamento, dejar en orden todos sus papeles y visitar a su mujer en el convento.

No podía morirse sin verla por última vez. ¿Cómo la encontraría? Había sido una mujer hermosa hasta el día que la dejó al cuidado de las monjas, hacía ya muchos años; estaba algo marchita después de tanto sufrimiento. No era consciente de que la abandonaba. Se quedó convencida de que pronto iría a buscarla, pero nunca volvió. Al principio pensó que jamás se repondría de tan horribles ausencias; perdió a su hijo y a su mujer casi al mismo tiempo. Había conocido a Carmen de niña, él tenía diez años más, se hicieron novios cuando era todavía una adolescente y el suegro le obligó a esperar que la niña cumpliera los veintiún años para casarse. El tiempo que vivió junto a Carmen lo recordaba como el más feliz; la época con más entidad de su vida. Era la suya una dicha consistente, llena de alegría, de pasiones y proyectos. Gozaban de cuanto tenían la suerte de poseer: las comidas, la ternura, el amor, la pasión, la juventud, el fuego, la luna y las estrellas. Disfrutaban más de aquella calma que de sus posesiones. Todas las tardes, a la caída del sol, desde las alturas de su rascacielos contemplaban el paisaje de la sierra madrileña escuchando a Bach o leyendo a Montaigne. Compartían hasta los sueños. Todo les producía sensaciones placenteras.

A pesar de su plenitud amorosa, o quizá por ella, estaban ansiosos por la llegada de un hijo que se retrasó más de lo previsto. Ocho años después de la boda, cuando estaban pensando en la adopción, al fin nació el niño. Lamentablemente, con él comenzaron las desdichas. Carmen tuvo un parto complicado de cuyas secuelas nunca se recuperó.

Tras la desaparición de sus seres más queridos, vivió aislado durante todo un año, abandonó el trabajo, dejó de ver a los amigos y no quiso ni oír hablar de otras mujeres. Logró sobrevivir gracias a los cuidados de Angelina y a la pasión que sentía por su madre. Años después, cuando murió su madre, su vida dio un vuelco inesperado, doloroso y execrable; de entonces le venía la fama de disoluto. A punto estuvo de arruinarse, de volverse un renegado. A pesar de tanta fatalidad nunca se sintió totalmente abandonado de la mano de Dios y la fe religiosa se convirtió en su único bálsamo. Rezaba postrado ante la tabla de la Virgen, se arrepentía todas las noches de sus pecados, y ésa fue su salvación. Cuando se sentía muy atormentado por la irrealidad de su vida se metía en una iglesia en busca de consuelo y entre los muros de piedra lograba sentirse más seguro.

La casa estaba vacía hasta que María Luisa se metió en ella y, justo es reconocerlo, le dio cierta alegría. Años antes había recobrado el interés por las mujeres, aunque nunca llegó a enamorarse de ninguna. Sólo sentía auténtica pasión por la pintura, que iba engrosando cada vez más su fortuna. La parte más valiosa de esa colección se la dejaría a las monjas clarisas de Belén, para incrementar el patrimonio de su monasterio, a cuya reconstrucción había contribuido con generosidad. Precisamente en estos días le llegó una carta de la madre superiora dándole noticia de la delicada salud de su mujer y, como era habitual en ella, aprovechaba para explicarle las dificultades económicas que atravesaba la congregación y la falta de espacio para acoger las nuevas vocaciones.

El Señor nos pide que hagamos una nueva casa de formación junto al monasterio —detallaba la superiora—. Han llegado doce jóvenes y hemos tenido que alojarlas en tiendas de campaña, pues lo que era hospedería es ahora clausura y casi no queda sitio para la gente que viene a rezar. Los talleres ya están convertidos en celdas, y el locutorio que necesitamos para las visitas lo hemos dividido por la mitad con armarios y cartones de embalar para que quepan el doble de hermanas.

Las cartas de la superiora, tan persuasivas, terminaban siempre con la misma petición:

¿Vamos a dejar que se pierdan vocaciones por falta de sitio? La vocación de las monjas es mendigar día y noche, en silencio y soledad, el amor de Dios por todos los hombres. ¿Es posible que con una tradición tan ferviente y arraigada de vida contemplativa tengamos que renunciar a la riqueza espiritual de lugares de vida de oración que han marcado a España desde hace tantos siglos? Abusando de su generosidad, y en nombre del Señor, le pedimos ayuda. Puede estar seguro de que a usted y a los suyos los tendremos siempre presentes en nuestras oraciones. Que Dios le proteja hasta alcanzar la vida eterna.

Esta vez les llevaría la ayuda personalmente. Los árabes dicen que la generosidad oculta todos los defectos. Las clarisas estaban convencidas de que Baltasar Orellana no se guardaba nada para sí, actuaba con tanta magnanimidad y nobleza de ánimo, era tan desprendido y dadivoso que no tenía defecto alguno. Es cierto que no le costaba el menor esfuerzo ser generoso con las monjas; al fin y al cabo no tenía mejores herederos. Si Telma quisiera, pero estaba seguro de que no aceptaría todo lo que quería darle. En cuanto a la otra, no se merecía ni la mitad de lo que ya le tenía asignado.

Emprendió el camino hacia el último viaje de su

vida: el reencuentro con su mujer, la madre de su hijo, la esposa a la que amó tanto. Se hizo acompañar del obispo y un joven que hacía las veces de ayudante y cuando todo estuvo dispuesto, ordenó a Vidal que los llevase a la sierra Cabrera.

Era un domingo frío y desapacible de primeros de diciembre. El viento empezó a calmarse a medida que se acercaban al sur. A mitad del camino, el obispo tuvo hambre y se desviaron a comer en un restaurante de carretera que tenía un aspecto pulcro y aseado. Monseñor hacía frecuentes comparaciones entre la administración de la Iglesia y el mundo de los negocios; al margen de esa manía un tanto pagana, la conversación que mantuvieron durante el almuerzo fue de lo más gratificante para Baltasar. Hablaban de asuntos que, en el fondo, le eran ajenos y le hacían olvidar sus obsesiones. El cura le describió de forma minuciosa la vida de las treinta monjas de clausura, sin desaprovechar cualquier ocasión para introducir de vez en cuando algún que otro detalle presupuestario.

—El lugar es una delicia, don Baltasar, dan ganas de quedarse. Qué le voy a contar; usted lo conoce bien.

—Bueno, verá, monseñor, hace tiempo que no voy por allí, pero me han enviado muchas fotografías y estoy al corriente de todas las mejoras que se han hecho.

—A ellas no parece afectarlas la crisis de vocaciones, cada año llegan novicias más jóvenes. Son unas criaturas angelicales y están haciendo una gran labor.

Según le contó el obispo, el precepto de la orden era precisamente *«ora et labora»* y no hacían otra cosa. Como era invierno, se levantaban a las cinco y media de la mañana —en verano una hora antes—, hacían sus abluciones y sus rezos, cada una en su celda; en ayunas, salían a trabajar el huerto hasta las nueve y media, en que tomaban, en silencio y soledad, una comida frugal, y a las cinco y media llegaba la hora de la cena. Se metían en la cama antes del anochecer y así hasta el domingo, en que comían juntas para cruzar unas palabras.

—Hoy, después de la misa, podremos compartir la cena con la superiora y la hermana Clara. Por eso le sugerí que viniéramos en domingo. Ya verá qué mujeres más inteligentes, sobre todo la hermana Clara, que se ocupa de la administración y las cuentas; así que se entenderá bien con ella.

La hermana Clara, le siguió contando, había vivido intensamente antes de retirarse en el convento. Ignoraba los pormenores de su vida, pero había sido uno de esos *broker* feroces que mueven en Bolsa capitales financieros. Tuvo un tropiezo, un feo asunto en el que estaba metida gente influyente, ya sabe, un político con el que, al parecer, mantenía cierta clase de relación. En fin, eso era lo de menos, lo importante es que, después de varios años, superó todas las pruebas y su aportación fue muy beneficiosa para la congregación.

Le impresionaba la idea de que aquellos seres angelicales se pasaran la vida pidiendo por gente como él; seguramente, las oraciones harían su efecto. Llevaban años rezando por su hijo, por su mujer, por él mismo, y ahora pensaba incluir a Telma en la lista, aunque ella no tuviera fe en esas cosas. El presupuesto de las obras pendientes ascendía a setenta millones y, de pronto, se vio echando cuentas. ¿A cuánto saldría cada oración? Merecía la pena si con ello lograba el perdón de, al menos, una parte de sus múltiples pecados. Iba distraído pensando en la vida eterna cuando se fijó en un paisaje deslumbrante y sobrecogedor. El sol empezaba a caer sobre las montañas que aparecían en el horizonte de un desierto iluminado por los colores intensos del atardecer. En mitad de aquel espejismo aparecían diseminadas unas cuantas palmeras erguidas y árboles extensos, esparcidos por la llanura, que le recordaban los que había visto en las hermosas planicies de Camerún. Se sintió tan apegado a la tierra que echó de menos la presencia de Telma. Le entraron de nuevo unas intensas ganas de vivir y volvió a pedir una tregua. «Dios mío, dame un poco más de tiempo; tengo deseos de hacer el bien.» Quedaban pocos kilómetros para llegar a la sierra Cabrera, donde estaba enclavado el monasterio; donde se reuniría con su mujer después de tanto tiempo.

Al tomar una curva apareció de pronto un paisaje lunar y en medio de aquel páramo el monasterio semiderruido. Parecía un edificio abandonado, con todas las puertas y ventanas desvencijadas tras las rejas, los muros desconchados, ni una sola luz y un silencio fantasmal. No se veía un soplo de vida.

—Ya hemos llegado —dijo el ayudante, que iba dando instrucciones al chófer durante todo el camino.

—Dios mío, ¿vive alguien ahí? —preguntó Baltasar.

—Dentro hay mucha más vida de la que imagina —respondió monseñor.

—¿De qué siglo es esto? —insistió Baltasar sin salir de su asombro.

—La sala capitular, la biblioteca y el refectorio tienen casi ochocientos años y aún están en pie. La iglesia es del XIX. Pero no se asuste, don Baltasar, las hermanas viven en las celdas-ermita de la casa de arriba y los huéspedes están alojados en la casa de abajo, donde tienen el taller. Ya verá cuando entremos en el recinto; el monasterio por dentro es muy hermoso. Precisamente, ésta es la parte que más reparaciones necesita y a la que vamos a destinar su generosa ayuda.

Llamaron a un timbre que sonaba como una chicharra y se oyó una voz femenina a través de un comunicador que debía de ser la única pieza de este siglo en todas aquellas ruinas.

—Ave María Purísima —respondió.

—Sin pecado concebida —replicó el ayudante—. Venimos con el señor obispo.

Al instante abrió la puerta la hermana portera, completamente oculta por una capucha. Detrás esperaban otras dos monjas con el rostro descubierto. Una de ellas, por su actitud y la edad que aparentaba, tenía todo el aspecto de ser la madre superiora; la otra, algo más joven, era la hermana Clara, con los ojos claros y brillantes, tal y como la había retratado el obispo. A Baltasar le sorprendió muy favorablemente que ambas fueran tan afables, desenvueltas y acogedoras. Era extraño que recibiesen a los ilustres huéspedes como si tuvieran costumbre de hacerlo todos los días. También le pareció insólito el olor a jazmín en ese paraje y en esa época del año.

—Sea bienvenido a esta humilde casa —le dijo la superiora.

A continuación los invitó a pasar a la biblioteca, se sentaron en los bancos y en seguida se puso a hablar como si estuviera escribiendo cualquiera de las numerosas cartas que Baltasar había recibido a lo largo de los años.

—Estamos sólo para servir a Dios y orar por nuestros hermanos. Durante todos lo siglos de la historia de la Iglesia, los monasterios han podido levantarse piedra a piedra únicamente gracias a la ayuda de personas de buena voluntad como usted, que han recibido de parte del Señor una recompensa abundante.

—Las monjas —habló la hermana Clara por primera vez— no vivimos para nosotras mismas, sino para derramar el amor sobre el mundo con nuestras humildes oraciones.

Sin dejarla terminar, habló de nuevo la superiora:

—Ha de saber, don Baltasar, que un monasterio no es para las monjas; es una fuente de bendiciones para nuestra sociedad sedienta y necesitada de valores espirituales.

Continuó la hermana Clara, como si se tratase de un papel aprendido:

—En doce años, la Virgen María nos ha enviado sesenta nuevas vocaciones, pero por falta de espacio hemos tenido que trasladar a las más jóvenes a nuestras fundaciones en Argentina, Chile y Canadá.

—Ahora damos gracias a Dios, porque con su ayuda y la generosidad de usted construiremos el lugar propicio para su formación monástica.

Harto de la representación, Baltasar interrumpió bruscamente el discurso.

—Quiero ver a mi mujer.

—Oh, sí, discúlpeme —dijo la superiora—. Le llevaremos ahora mismo, pero lamentablemente, como ya le advertimos, su salud ha empeorado en los últimos meses. Está en cama. Han tenido que sedarla y quizá le impresione un poco verla en ese estado.

Sin más preámbulos, Baltasar se puso en pie y las monjas, un poco contrariadas, se encaminaron hacia la ermita donde se encontraban las celdas de los huéspedes. Atravesaron la huerta y el jardín donde crecían las hierbas aromáticas que Baltasar confundió con el olor a jazmín. Caía la noche y no se veía una alma. Parecía arrepentido de haber precipitado los acontecimientos. En realidad estaba aterrado de verse ante lo que probablemente sería la sombra de un recuerdo. Le faltaba el aire, se paró un instante a respirar, sintió de nuevo la opresión en el pecho y el pulso acelerado. Recordó la sentencia del Génesis: «Dios no castiga sin antes haber avisado.» Hicieron el camino en silencio y cuando quiso darse cuenta se vio de pronto ante el cuerpo diminuto de una anciana con los ojos abiertos, la mirada perdida, la cara pálida y llena de surcos.

—¿Es ella? —preguntó.

—Ella es —le respondieron.

—¡Oh, Dios mío, la vida es atroz! —exclamó.

Rompió a sudar, las piernas le fallaron, sintió que se desvanecía, intentaron sujetarle entre las dos, pero tuvieron que pedir ayuda al obispo y al cura, que se habían quedado prudentemente fuera de la celda.

Se despertó a la mañana siguiente en una cama incómoda y extraña. Las sábanas estaban limpias y la habitación vacía. Se incorporó, giró el cuerpo y vio un crucifijo a su espalda, junto a una ventana que dejaba pasar los rayos de sol y el olor del campo, y debajo de la cual había un banco de madera con su ropa cuidadosamente extendida. Recordó toda la secuencia del día anterior y decidió borrar para siempre de su memoria todas las atrocidades de su vida.

Ya sin rencor, asistió a una misa concelebrada por el obispo, el capellán, el ayudante y un cura más al que no conocía. En un momento de la ceremonia, las monjas, arrodilladas, extendieron su cuerpo y tocaron con la cara el suelo. Sonaba el órgano y unas voces celestiales interpretaban cantos gregorianos. Al finalizar la misa nadie se movió hasta que la madre superiora terminó de pronunciar la siguiente oración, dedicada especialmente a sus bienhechores:

—Señor, dígnate conceder la paz al mundo, y a cada hombre lo que sea bueno para él. Acuérdate en particular de todas las personas que nos ayudan. Dales la recompensa de su generosidad en paz, amor y alegría ya aquí en la tierra, y un tesoro en el cielo. Amén.

No quiso quedarse al almuerzo. Dejó allí al obispo y

su séquito, hizo su donativo y emprendió la huida. En el solitario viaje de regreso llegó a la conclusión de que a partir de cierta edad, más bien temprana, el cerebro de la gente, de un modo u otro, se trastorna. Todos tendemos a la locura, pero más que nadie aquellas monjas pedigüeñas, cuya vida, al menos, ellas creen que merece la pena.

Se encontraba muy sola en aquel lugar. La casa del doctor Azofra estaba llena de retratos de mujeres, sin orden aparente, sin prioridades, sin sentido; unas enmarcadas, otras clavadas con una chincheta en el frente de la estantería que cubría las paredes del despacho. Todas aquellas reliquias tapaban los libros científicos, las historias clínicas, las revistas de consulta... Imágenes de su madre, su primera mujer, sus hijas, sus alumnas, una novia rusa, otra neoyorquina, una paciente joven que se le murió hacía un par de años y varias fotos del servicio de gerontología del hospital, en las que siempre aparecía Telma, que en ese instante se balanceaba en una mecedora de caoba frente a la mesa donde habitualmente trabajaba el doctor Azofra. Se quedó absorta mirando las fotos de las mujeres, pensando en la escasa importancia que habían tenido en la vida de un hombre que se creía el ombligo del mundo, y no advirtió que alguien golpeaba la puerta de tal modo que estaría molestando a todo el vecindario. Telma no se dio por aludida, ya abrirían, pero cuando cayó en la cuenta de que estaba sola se encaminó hacia el pasillo que conducía a la entrada. Por cierto, ¿qué hacía sola en esa casa? ¿Dónde estaba Manuel? De pronto le pareció distinta y extraña. El pasillo se le hacía interminable y los golpes eran cada vez más estruendosos. Oía gritos en el patio y quiso asomarse a una ventana, pero era imposible abrirla. Se metió en una habitación donde nunca había estado anteriormente. Le recordaba el extraño gabinete del carmen de Orellana; las paredes estaban enteladas en los mismos tonos y tenía un diván rojo y desvencijado. También la ventana estaba herméticamente cerrada, como el resto de las que iba encontrando a uno y otro lado del pasillo. Seguía caminando y no acababa de alcanzar la puerta. Sintió claustrofobia y quiso dar un grito para que le oyera el energúmeno que seguía dando golpes, pero no le salía la voz del cuerpo. Probablemente sería Manuel, que habría olvidado las llaves y estaría enfurecido porque ella no le abría. En un ensanche del pasillo apareció un sillón de orejas donde había alguien sentado. Se llevó un susto de muerte y preguntó muy bajito:

—¿Quién anda ahí?

—Soy yo, preciosa —le respondió Manuel.

—¿No oyes los golpes? —dijo Telma, indignada.

—¿Qué golpes? No oigo nada.

Sin saber cómo, la puerta de la calle se abrió y apareció Baltasar con varias personas detrás.

—¿Qué haces tú aquí? —le preguntó Telma.

—He venido a hablar con el doctor Azofra —respondió Baltasar—. Quiero saber hasta dónde está dispuesto a llegar contigo.

—¿Te has vuelto loco?

Reconoció en seguida a las personas que iban tras él. Una era María Luisa, su sobrina, y el otro Gonzalo, el secretario. La sobrina se dirigió a Baltasar y le dijo:

—Te lo dije, que la tenía escondida en su casa. ¿Has visto la mosquita muerta? ¿Ves como siempre tengo razón?

—Fuera de aquí todo el mundo —gritó Telma, desesperada—. Manuel, échalos de tu casa. No dejes que nos invadan.

—No me molestan —respondió Azofra con total serenidad—. Si quieres, vete con él. Ya sabes que no soy celoso.

Bajó la escalera despavorida y, cuando se creyó a salvo, se sentó en un banco de la calle, pero al instante apareció Baltasar y se sentó a su lado.

—Telma, no te asustes —le dijo el viejo—. No quiero que nadie te haga daño. No hagas caso a esa bruja. Si pudiera, nos mataría a los dos.

A pesar de que estaba aterrada, le contestó con absoluta naturalidad:

—Esa bruja no es tu sobrina, ¿verdad?

—No, no lo es —respondió avergonzado—. Vamos a coger un taxi. Déjame llevarte a tu casa.

En ese instante se paró un coche gris delante de ellos y aparecieron dos fortachones con sombrero y traje negro.

—Vamos, al coche —les ordenaron—, sin rechistar.

—Huye, Telma —gritó Baltasar—. Me buscan a mí. Sal corriendo.

—Venga, senador, no pierda el tiempo.

Era un secuestro. Telma quiso gritar de nuevo, pedir ayuda, pero la voz se le quedaba dentro. Se despertó con un gemido y permaneció pegada a la almohada, empapada en sudor, sin atreverse a mover un solo dedo. Hacía mucho tiempo que no tenía pesadillas tan infantiles.

Aquel día, precisamente, tenía una cita para almorzar con su ex marido. Siempre acudía a él en momentos de agitación. Sin duda, éste era uno de ellos. Hablar con Daniel, sin saber por qué, le daba seguridad. Nunca le contaba la verdad, tampoco le mentía, pero utilizaba trucos y argucias para sacar las cosas de contexto, disfrazar la realidad, dulcificarla un poco; no era otra su intención. Las historias parecían coherentes, pero sólo Daniel lograba averiguar cuándo eran falsas y cuándo verdaderas.

Salió un poco antes del hospital para darse una ducha que la reanimara antes del almuerzo. La noche había sido pésima y tuvo que tomar varios cafés para mantenerse algo despierta. Cuando llegó al restaurante, Daniel, como siempre, ya estaba esperándola.

—He pedido un dry martini para soportar tu falta de puntualidad. ¿Quieres otro?

—Lo siento, he pasado una noche de perros y voy todo el día llegando retrasada. ¿Qué tal mis gatos?

—Están ansiosos, deseando que vayas a buscarlos.

Le hubiera gustado que le preguntase los motivos de la mala noche para iniciar la conversación sobre el único asunto que le interesaba, pero no quiso hacerlo. Quería contarle que la asustaba la extraña relación que tuvo, y aún seguía teniendo, con uno de sus viejos pacientes. Se sentía acorralada, pero era incapaz de poner fin a sus persecuciones. Le había suplicado que la dejara en paz, tenía miedo de estar siendo perseguida por un loco. Hay tipos como él que llevan una vida normal en apariencia y de pronto cometen una atrocidad.

Se sentía sola, desamparada y tenía miedo. Era un miedo racional, consciente y vigilante ante una amenaza invisible cuya naturaleza no sabía describir con precisión, pero algo le decía que estaba al acecho. Se había visto complicada involuntariamente en esta historia y no sabía cómo salir de ella. En torno al viejo rondaban varios fantasmas y temía que alguno de esos espectros le hiciera daño. Los solitarios tienen delirios paranoicos y se vuelven unos miserables. Manuel era inútil en estas situaciones y, además, la relación se había enfriado. Apenas mantenían contacto fuera del trabajo. Últimamente no veía a nadie más; sólo podía confiar en Daniel para un asunto tan delicado. Debía contarle su indefensión, sus deseos de huir y la imposibilidad de hacerlo por sus propios medios.

Algo le impedía llevar la conversación por los cauces previstos y malgastó una buena parte del almuerzo describiendo detalles sobre el congreso al que acababa de asistir en Granada. En medio de unas cuantas vaguedades, sin saber cómo, se las arregló para introducir el nombre de Orellana y referirse, como de pasada, a su estancia en el carmen. En ese punto, Daniel la interrumpió:

—Ten cuidado con ese tipo, tiene las manos sucias.

Al fin, había dicho algo que logró interesarle. Creyó que había llegado el momento de desahogarse y, haciendo un esfuerzo por mostrar indiferencia, le preguntó:

—¿Por qué lo dices?

—No quiero escuchar una sola palabra sobre Baltasar Orellana. No pronuncies su nombre en mi presencia. ¿De acuerdo?

Lo dijo con tal rotundidad que fue imposible insistir más. Daniel no parecía dispuesto a facilitarle las cosas. Cuando se mostraba amigable y afectuosa con él sería porque, como siempre, estaba a punto de hundirse. No tenía ganas de ampararla otra vez porque no serviría de nada. A pesar de sus esfuerzos por aparentar serenidad, era evidente que estaba en un pésimo momento. Seguía hablando de Granada, como si fuera una guía turística, cuando Daniel la interrumpió de nuevo:

—No sé a cuento de qué viene todo esto. ¿Se puede saber qué te pasa?

—Me siento totalmente fracasada, Daniel.

—¿Cuántas veces me has dicho eso mismo y cuántas lo contrario?

—Jamás te dije que me sintiera realizada. Ahora menos que nunca.

—Escúchame bien. No quiero saber nada de tu fracaso. Siempre te has sentido muy halagada cuando una persona poderosa ha querido seducirte, pero me repugna que no sepas rechazar esa clase de halagos.

—Soy una frívola, Daniel. He metido la pata.

—Eso no es una novedad. Te prohíbo que me cuentes tu último melodrama sentimental.

—Está bien, Daniel, veo que no tienes ganas de ayudarme.

—No te engañes. Creo que mi ayuda no te sirve de nada. En esta ocasión deberías ser más condescendiente contigo misma y asumir que serás una frívola toda la vida. No te preocupes, no es tan grave, la mayoría de la gente perdona la frivolidad ajena porque así disimulan la propia; lo que no soportan es el buen sentido, la coherencia y el rigor de los demás. Así que nadie te hará reproches.

—Es inútil ser condescendiente con una misma porque siempre hay alguien que te pone en tu sitio y te demuestra que eres una mierda.

—Unos se valoran demasiado y otros demasiado poco. Nadie tiene la medida exacta de sí mismo.

—Por favor, Daniel, necesito ayuda.

—No te aguanto ni un minuto más, Telma, no quiero que me hables de ese personaje. Esta vez tendrás que sacar las castañas del fuego tú solita.

Se levantó de la mesa, pagó la cuenta y se fue. Telma se puso las gafas de sol para ocultar las lágrimas y salió del restaurante con una irresistible sensación de desamparo. No sabía dónde buscarlo y se encerró en su casa.

Era un falso invierno. La tarde estaba templada y Telma se fue caminando desde el restaurante hasta su casa para atravesar el parque del Retiro. Cuando iba con su padre le obligaba a aprender los nombres de los árboles y de las plantas. Decía que el árbol representa la libertad y es el símbolo más excelso de la naturaleza. Se sentía fascinado por las formas y colores que iban transformando el parque en cada estación del año; la dureza del invierno daba paso a la luz radiante de la primavera, pero lo más deslumbrante era, sin duda, el otoño. Amaba especialmente las acacias porque aprenden a vivir en condiciones extremas. Todavía quedan algunos ejemplares bíblicos en el Sinaí, en el continente australiano, en los áridos desiertos africanos y, desde luego, las hermosas acacias del Retiro. También le gustaban las palmeras y distinguía perfectamente más de una veintena de las dos mil y pico variedades existentes. Podía pasar horas dando su peculiar interpretación de los árboles y le divertía jugar a adivinanzas con Telma, que conocía el parque como si fuera su propio jardín.

Todo le recordaba su infancia: las aguas del estanque, la rosaleda, las barcas en las que había remado tantas veces, los merenderos donde tomaba granizados de limón con cacahuetes y aceitunas, el recinto acotado para perros, el palacio de cristal, las jaulas de la antigua casa de fieras cuyos inquilinos (monos, leones y tigres decrépitos) se morían de tristeza y de aburrimiento. Con gesto infantil miró al cielo en busca de sus padres para reprocharles su orfandad. Si hubiera tenido, al menos, un hermano o un hijo con quien compartir las fiestas ya cercanas de la Navidad. La atormentaba la idea de pasarlas sola un año más. Todavía estaba a tiempo de tener un hijo, pero con quién. Daniel hubiera sido el padre perfecto, aunque en este momento le odiaba. Como todas las personas sutiles y complejas, Daniel le provocaba sentimientos contradictorios; era insufrible o adorable en cuestión de días o incluso de horas. Lo cierto es que no fue capaz de engañarle; de quedarse embarazada a traición, y ahora nadie sabía cuánto lo lamentaba.

Aún no había renunciado a la maternidad y seguía pensando en varias posibilidades. Dado que no encontraba el hombre apropiado para engendrar un hijo, descartada la inseminación artificial, estaba casi decidida a adoptarlo y, puestos a elegir, le gustaría un niño saharaui algo crecido. Lo difícil sería dar con un saharaui que quisiera tener una madre tan desastrosa como ella. Qué fantasías más ridículas. Tomó un atajo y, renegando de sí misma, abandonó el parque que la estaba poniendo tontamente melancólica. Aceleró el paso para atravesar la Puerta de Alcalá y llegar lo antes posible a su casa, aunque la presentía más vacía que nunca; ni siquiera los gatos saldrían a recibirla. Subió los escalones de dos en dos y tuvo dificultades para abrir la puerta. La llave parecía atascada. Cuando, al fin, logró entrar tuvo una visión siniestra; todo estaba revuelto, fuera de su sitio.

Bajó aterrada la escalera en busca del portero.

—Julián, Julián. Llame a la policía —gritó casi sin aliento.

—Pero ¿qué le pasa, doctora?

—Me han robado.

—¿Cómo que le han robado?

—Sí, sí, han entrado en casa.

Tuvo que sentarse y beber un vaso de agua antes de explicarle más pausadamente lo que se había encontrado. La policía llegó en diez minutos escasos y, antes de subir, les hicieron unas cuantas preguntas. Ya dentro de la casa, después de echar un vistazo y comprobar que aparentemente no faltaba nada, sometieron a Telma a un largo interrogatorio.

—A no ser que vengan en busca de algo muy valioso, sólo se llevan dinero o cosas que tengan fácil venta —dijo el agente.

—Aquí no hay nada de valor, excepto algunos cuadros —aclaró Telma.

—Por eso le han puesto la casa patas arriba.

No había entrado ningún desconocido, dijo el portero, al menos entre las nueve y las dos de la tarde. Luego se fue a comer, pero dejó el portal cerrado, como siempre, y era difícil, por no decir imposible, que en esa casa se colase un extraño. Regresó a las cuatro en punto y, desde entonces, al margen de un par de vecinos, sólo había visto al cartero y a un mensajero que traía un paquete, pero no pasaron de la portería.

—Por cierto, doctora Telma, el paquete era para usted, y aquí tiene el correo.

Lo cogió sin mirarlo mientras los policías seguían haciendo su informe. Todavía asustada, Telma iba respondiendo a preguntas rutinarias. Quién tiene llave del portal. Quiénes pueden acceder a su casa. Quiénes la frecuentan. Recibe a mucha gente. Sospecha de alguno de sus pacientes. Ha tenido cualquier tipo de amenaza. Ha venido recientemente algún fontanero, electricista, mensajero... Cuánto tiempo hace que vive aquí. A qué hora salió por la mañana. A qué hora regresó. Tiene personal de servicio, sistemas de seguridad, puerta blindada... Algo que añadir... Firme aquí la denuncia y si echa en falta algo nos lo comunica, por favor.

Inútil aclarar que no respondió la verdad. Ocultó, por ejemplo, que a su regreso de Granada encontró varios mensajes insultantes en el contestador del teléfono; cosas tales como: «Zorra, más que zorra, eres una zorra», «Sé que estás sola. ¿No tienes miedo?» «Te voy a rajar, puta de mierda». Seis mensajes breves, todos en el mismo tono. Fueron grabados mientras ella estuvo de viaje. Claro que sospechaba de la sobrina, bueno, la sobrina o lo que fuese, aunque las amenazas estaban grabadas con voz de hombre; de cualquier hombre relacionado con esa pobre mujer. No se lo había contado a nadie. Ni siquiera pudo hablarlo con Daniel. También le daban miedo otras muchas cosas; la policía, por ejemplo, y toda esa gente que rodea a Baltasar, los escoltas, los delincuentes, los amigos ricos... Pero nadie le daba tanto miedo como la sobrina, que debía de odiarla sin saber, tonta de ella, que no representaba el menor peligro para sus intereses. Tampoco le caía nada bien el secretario, era un tipo extraño y le resultaba sospechoso, siempre pegado a la sobrina; algo estarían tramando. Por nada del mundo, sin embargo, hubiera querido contarles estas cosas. Lo hablaría con Baltasar o con Daniel, cuando se le pasara el enfado; seguro que encontraría una buena pista.

Cuando la dejaron sola se puso a contemplar el espectáculo y pensó que era mejor dejar las cosas como estaban hasta el día siguiente; se quedaría en casa para ayudar a la asistenta a ordenar aquel desastre. ¿Quién habría sido? Fue a comprobar, una vez más, si el dinero y las joyas seguían en su sitio. Allí estaban. No se habían llevado ni una sola pieza de plata, ni un cuadro, ni una escultura, ni una máquina de fotos, ni el vídeo, ni el televisor... Tenía un excelente equipo de música, pero también estaba intacto. Un montón de papeles, discos, cintas magnetofónicas y libros estaban esparcidos por el suelo; el colchón y los sillones tenían las tripas fuera; la ropa de los armarios hecha un revoltijo... ¿Qué estaban buscando? Se dirigió hacia la cocina, cogió un vaso, lo llenó de hielo y se sirvió un whisky. No solía beber sola y menos whisky, pero en esta ocasión le estaba sentando francamente bien. Miró distraída la correspondencia que había dejado sobre la mesa y comprobó el remite del paquete; era de Baltasar. Lo abrió ansiosa y se encontró con un libro sobre el carmen de los Orellana. Tenía una dedicatoria: «Mi querida Telma: esto sin ti no vale nada. Gracias por todo lo que me has dado. Estoy en deuda contigo. Un beso. Baltasar.» Se levantó de pronto y, sin saber por qué, se fue hacia el archivo para buscar la historia clínica de Baltasar. Era lo único que le habían robado.

La noche siguiente, Telma había llamado para contarle el extraño robo de su historia clínica. Baltasar se puso furioso y lo primero que hizo fue telefonear al ministro para pedirle explicaciones.

—Te aseguro que no sé nada de este asunto —le dijo el ministro—, pero me voy a ocupar personalmente de investigarlo. Déjalo en mis manos.

No podía consentir que esa gente involucrase a Telma en sus ridículas investigaciones. Tenía la impresión de que el ministro decía la verdad, pero no se quedó conforme con su promesa y, a continuación, llamó al director del centro de investigación.

—Tengo que verte para un asunto trascendental. Es muy urgente —le dijo.

El director le debía muchos favores y accedió a almorzar ese mismo día.

—Nos vemos a las dos y media en el reservado de El Bosque.

Le pidió a Gertru que anulase las citas de la tarde y

se dirigió al restaurante. Visiblemente irritado, sin más preámbulos, cuando llegó el director le dijo.

—Vayamos al grano, querido director. Me consta que tengo el teléfono pinchado, que estás al cabo de la calle de cuanto sucede en mi despacho, y quiero saber quién te ha dado la orden de espiarme. Estoy dispuesto a ofrecerte la colaboración que necesites, pero quítame de encima a toda esta gente que supuestamente me protege y, sobre todo, no consiento que molestéis a la doctora Suárez.

—Poco a poco, Baltasar; primero, no dirijo un servicio de espionaje, sino de inteligencia; segundo, no recibo órdenes de nadie y, tercero, ninguno de mis hombres está encargado de tu seguridad. Me parece que estás confundido.

—Dudo mucho que no tengas nada que ver en esta historia.

—Mi querido amigo, yo no miento. Tus dudas me ofenden.

—Está bien, te pido disculpas, he perdido los nervios. Espero que comprendas mi exasperación. No puedo dar un solo paso sin que lo sepáis. Me siento vigilado las veinticuatro horas del día y no entiendo qué queréis averiguar. Y lo peor de todo, estoy seguro de que ha sido tu gente la que ha entrado en casa de Telma Suárez.

Al director le ofendía que le llamaran espía porque, —precisó— «es un término decimonónico, novelesco, equívoco y peyorativo». Sus hombres no eran espías de poca monta, sino agentes honorables y funcionarios muy cualificados que se dedicaban a la adquisición directa de información o al análisis y evaluación de situaciones concretas, por lo general de carácter estratégico. Lo último que haría cualquiera de sus subordinados sería meterse en la vida privada de la gente.

—Te aseguro que en mi casa se respeta la privacidad de las personas; somos incapaces de descender al nivel de otros servicios que se dedican simple y llanamente al cotilleo. Me importa poco que tal o cual ministro se acueste con su secretaria, es sólo un ejemplo, y en caso de que tuviéramos pruebas, a él tampoco le debería importar, porque ese chisme jamás se conocería a través de nosotros.

—¡Qué curioso! —insinuó Baltasar—. No entiendo, entonces, con qué objetivo espiáis a la gente; perdón, no quiero ofenderte; para qué hacéis toda esa «adquisición directa de información». ¿Es así como se dice?

—Bueno, verás, no nos quedamos en pequeñas anécdotas. Otros servicios están embebidos en la acción inmediata, pero la inteligencia trabaja a más largo plazo, va al fondo de los problemas; tiene más amplitud de miras. Para que lo entiendas mejor, si me informan de una operación de blanqueo de dinero, no me preocupa tanto quién lo hace, sino qué método emplea o si lo hace a través de una entidad bancaria; mi trabajo no consiste en perseguir o detener al delincuente, sino en elaborar información para que el Estado pueda combatir de forma eficaz este delito a gran escala.

A Baltasar le importaba poco en qué consistía esa clase de trabajo deleznable, a pesar de lo cual pensó que sería mejor tranquilizarse. A partir de ese momento se templaron los ánimos y la conversación transcurrió con más calma. Las insinuaciones del director eran de tal sutileza que cualquier interpretación estaba llena de equívocos. No obstante, Baltasar creyó entender que el responsable de su vigilancia podía ser algún servicio del Gobierno y no del Estado; directamente el Ministerio del Interior, es decir, la policía o la Guardia Civil. No le convencía en absoluto. No obstante le arrancó la promesa de darle alguna respuesta en el menor plazo de tiempo posible. Al terminar el almuerzo se despidieron civilizadamente y Baltasar se fue haciendo a la idea de que jamás sabría con certeza quién y por qué le estaba vigilando y, lo que es peor, cómo podría evitar que metieran a Telma en el asunto.

Hacía mucho tiempo que no hablaba con su secretario. Por eso, Gonzalo se sorprendió cuando le dijo que tenía que dedicarle toda la mañana a despachar una serie de asuntos pendientes. Se había acostumbrado a llevar las cosas a su modo y le molestaba retomar la vieja costumbre, ya casi olvidada, de rendir cuentas al barón. En el fondo le detestaba. No era uno de esos jefes déspotas, pero, desde luego, no le valoraba lo suficiente. Nunca tuvo el detalle de felicitarle cuando le salían bien las cosas; ni siquiera se tomaba la molestia de darle las gracias si pasaba noches enteras trabajando para él. No estaba mal pagado, al contrario, le compensaba generosamente cuando le hacía encargos fuera de su competencia, cosa que sucedía con cierta frecuencia, y en caso de que no lo hiciera tenía la posibilidad de actuar por su cuenta, pues sabía la clave de una caja fuerte donde guardaba ingresos no declarados de los que podía disponer para cualquier imprevisto. En más de una ocasión echó mano de esos fondos para pagar los caprichos de la señorita María Luisa. Si justificaba los gastos presentando una factura de tal o cual joyería, en concepto de un regalo de aniversario, el barón lo aprobaba apenas sin mirar. En los últimos tiempos, la complicidad entre el secretario y la sobrina había sido tan descarada que Gertru y otros empleados del despacho sospechaban que sus relaciones iban demasiado lejos; sin embargo, nadie se atrevía a hacer la menor insinuación.

Se sentaron uno frente al otro. Gonzalo abrió con desgana una abultada carpeta llena de cartas y documentos. Cuando se disponía a sacar los papeles, Baltasar le dijo:

—Cierre eso. Sólo me interesan dos asuntos. En primer lugar quiero saber si tiene alguna pista sobre el cuadro del que le hablé el otro día.

Gonzalo no había olvidado el encargo.

—Estoy sobre la pista, señor barón, pero aún no he confirmado el lugar exacto donde se encuentra, aunque sospecho que usted conoce bien a los presuntos propietarios.

—¿Por qué dice presuntos?

—Porque el cuadro procede de un expolio o, mejor dicho, de un robo.

La pista procedía de María Luisa; días atrás había abierto una carta remitida por Berta Bahuer. Tenía fundadas sospechas de que esa mujer perseguía a Baltasar y al abrir la carta comprobó que estaba en lo cierto. Al margen de insinuaciones escabrosas en relación con un encuentro en su casa, la alemana se refería a un Caravaggio sobre el que, al parecer, tenían algo en común. La carta aparecía llena de claves y no quedaba claro si el cuadro estaba en su poder o en algún otro lugar. El caso es que Baltasar estaba especialmente interesado en adquirirlo, quién sabe si sólo en contemplarlo, pues intercalaba mensajes imposibles de descifrar, tales como: «¿Recuerdas cómo nos miraba? Menos mal que también ella fue una gran pecadora; lo malo es que se arrepintió. Espero que tú no te arrepientas.»

María Luisa cuidaba el patrimonio de Baltasar como si ya se hubiera convertido en suyo y desconfiaba de cierta clase de mujeres, como Berta Bahuer o la insignificante Telma Suárez, cuyo interés por el viejo no podía ser otro que el dinero. Gonzalo estaba al tanto de sus preocupaciones y era él quien le facilitaba el acceso a la correspondencia que consideraba peligrosa para sus mutuos intereses. Lo primero que hizo fue triturar la carta de la Bahuer y, después, le pidió a Gonzalo, casi al mismo tiempo que Baltasar, que sc cntcrasc más a fondo dcl asunto, con lo cual lc facilitó mucho la labor.

El secretario estaba bien relacionado con las salas de subastas y, no sólo eso, con algunos conocidos traficantes con los que había contactado en varias ocasiones por orden del barón. De manera que no le fue difícil saber que, tal y como había descrito la imagen, pertenecía a la escuela de Caravaggio y, en efecto, era un retrato de grandes proporciones de María Magdalena. Ese cuadro fue propiedad de una importante familia de judíos alemanes cuyo patrimonio había sido robado por los nazis. Su valiosa colección de pintura quedó desperdigada por varios países, pero uno de los prebostes más beneficiados de ese expolio fue precisamente Juanito Bahuer. Ahora su colección estaba en peligro pues el descendiente directo de aquella familia, exterminada en el campo de concentración de Auschwitz, reclamaba su herencia y estaba tras la pista de los Bahuer.

—¿De qué presuntos se trata? —preguntó Baltasar, impaciente.

Gonzalo no quería por nada del mundo que descubriera su fuente de información, pero tampoco supo improvisar la mentira adecuada, de manera que soltó el nombre:

—Los Bahuer, señor, se trata de sus amigos.

—¿Cómo ha llegado a esa disparatada conclusión?

—Le ruego, señor barón, que antes de sacar conclusiones precipitadas me dé un tiempo para confirmar mis sospechas.

—Quiero que me diga inmediatamente por qué sabe que son los Bahuer.

—Le digo que no lo sé, señor, sólo lo sospecho.

—Déjese de tonterías. No quiero perder el tiempo.

—También la policía está buscando ese cuadro y, concretamente, dos agentes del Grupo de Delitos contra el Patrimonio me confirman que están tras la pista de los Bahuer. Es todo lo que sé, señor. Si me da un par de días, le informaré con más precisión; sólo le pido dos días.

—Está bien, dentro de cuarenta y ocho horas quiero tener todas las pruebas sobre mi mesa.

—Perdón, señor, me dijo que quería hablar de algo más.

—Ahora no me interesa nada más. ¡Retírese!

Sabía todo lo necesario. Baltasar había empezado a recordar lo que sucedió el día en que perdió la memoria.

En ese instante fue capaz de reconstruir todos los detalles a partir del cuadro. La pared donde estaba instalado, el dibujo adamascado de las paredes, la cama situada en el centro de la inmensa habitación, el resto de los objetos de adorno, los muebles de madera oscura y las dos personas que retozaban entre las sábanas de seda de un inadmisible color violáceo. Reconoció inmediatamente la cara de Berta Bahuer, los labios carnosos y los suculentos pechos colgantes que se balanceaban sobre su vientre. Él estaba allí, debajo de un cuerpo que empezaba a deformarse, escuchando las marranadas que le decía al oído aquella mujer con acento alemán.

Quería contarle a Telma sus fundadas sospechas, compartir con ella su descubrimiento, pedirle ayuda una vez más. Ahora podía reconstruir el bochornoso incidente que sucedió en el viejo caserón de los Bahuer. Había accedido a almorzar con ellos después de su machacona insistencia, sobre todo, por parte de Berta. En el fondo tenía curiosidad por visitar el famoso sótano acorazado donde ocultaban los expresionistas alemanes de dudosa procedencia. Había llegado a un acuerdo con un prestigioso galerista que estaba dispuesto a certificar la autenticidad del Kirchner a cambio de quedarse con dos Kokoschka. A Baltasar le fastidiaba el trato, ya que pretendía quedarse con los tres y ahora tenía que conformarse sólo con el Kirchner. De todos modos no era mal negocio; el cuadro le saldría gratis si el resto de la obra lograba colocarla en la fundación.

Los Bahuer parecían demasiado inquietos, tenían prisa por liquidar la colección y estaban dispuestos a hacer un buen precio. La urgencia era la prueba evidente de que la pareja no era trigo limpio, pero Baltasar era muy hábil con esta clase de gente y no le importaba lo más mínimo su amoralidad, pues en ciertos ambientes prevalecen los códigos estéticos por encima de los éticos; todo fluctúa según la cotización.

Recordaba el recibimiento, la charla durante el almuerzo, cómo le provocaba la alemana en presencia del marido y la repentina desaparición de éste después de tomarse un té, dejando a Baltasar y a Berta sospechosamente solos.

—Tengo una cita con el notario —había dicho—. Regresaré en seguida.

A Baltasar le molestó que los dejara solos después de tanta insistencia.

—Berta, querida, mientras tanto enseña los cuadros a nuestro querido amigo.

Nunca regresó. De hecho no volvió a verle desde aquella tarde. Al instante de despedir al marido, Berta sirvió la primera copa al ilustre invitado. Tomaron muchas copas más antes de que se le insinuase abiertamente. Telma aún no había irrumpido en su vida, de modo que no tuvo el menor inconveniente en acceder a los deseos de aquella impetuosa mujer. Se abalanzó sobre él, le tiró sobre la alfombra y le besó tan violentamente que le mordió en el labio. Esa primera embestida le asqueó.

—¿Por qué no vamos antes al sótano? —le dijo él intentando quitársela de encima.

—Habrá tiempo para todo, amor mío, ahora tengo que hacer contigo algo mucho más urgente.

No supo qué le disgustaba más, si el mordisco o esa ridícula expresión, «amor mío»; nada podía estar más lejos de lo que sentía en esos momentos por esa especie de animal que se empeñaba en lamerle la sangre del labio. Berta le iba rellenando el vaso de whisky y, una de las veces, echó discretamente una pastilla que se disolvió al instante. Baltasar estaba demasiado borracho para levantarse y se entregó a la faena con la misma brutalidad que ella. Después de varias embestidas se quedó quieta. Era grande, algo más alta que él, tenía un cuerpo redondo, blanco y demasiado untuoso. Tuvo la impresión de estar follando con una vaca que mugía agradecida cada vez que la ordeñaba por detrás. Tenía miedo de que le diera un rabotazo, así que se despegó de ella orgulloso de su hazaña, pensando que la había dejado satisfecha. Se equivocó.

—Estaba segura de que eras un portento. Ha salido tal y como había imaginado tantas veces. Quiero más. Vamos a un lugar confortable.

—¿Y tu marido? —preguntó Baltasar.

—No te preocupes, no volverá. Tenemos todo el tiempo del mundo para nosotros dos. Te voy a saciar.

Fue entonces cuando le subió al dormitorio donde tenía el cuadro. Lo vio al encender la luz, ocupaba toda una pared, frente a la cama, y se quedó hechizado ante el retrato.

—Lo quiero —dijo Baltasar.

—Lo siento, amor mío, no está en venta. Mi marido dice que la Madonna se parece mucho a mí.

—Lo quiero —insistió completamente borracho.

—Lo tendrás, pero antes tienes que colmarme. Ven. Estoy ardiendo.

Su avidez sexual era prodigiosa. No sabía cómo ni cuántas veces fue capaz de copular con aquella ninfómana. Llegó hasta la extenuación y lo que no recordaba, porque perdió el conocimiento, era cómo salió de allí ni quién le trasladó a su casa. Sólo sabía que, antes de entregarse a Berta, había dejado sobre la mesa una tarjeta con nombres, direcciones y teléfonos del galerista y uno de los principales coleccionistas de Kirchner y Kokoschka que había en España. Había pasado demasiado tiempo para evitar que actuaran por su cuenta. Tenía que localizarlos antes de que fuera demasiado tarde. Fue a contárselo a Telma.

Telma no quiso ir a casa de Baltasar, así que le recibió en la consulta aquella misma tarde. Escuchó toda la historia con una paciencia infinita. Cuando logró terminar el relato, aunque eludió los detalles más escabrosos, estaba tan avergonzado que le pidió disculpas.

—Si te hubiera conocido entonces, querida Telma, no se me hubiera ocurrido acostarme con esa loca.

Se estaba comportando como cualquiera de sus pacientes y Telma sintió que se quitaba un peso de encima. Todos hacían grandes esfuerzos por disimular la turbación que les causaba hablar de su sexualidad con una mujer, pero al final lo terminaban superando.

—No tienes por qué disculparte conmigo. A veces el destino organiza las cosas en nuestro lugar.

—Tienes razón. En el fondo tengo que estar agradecido a esa mujer porque gracias a ella te encontré.

Le era difícil eludir las referencias personales, pero Telma estaba dispuesta a ejercer su papel.

—Dices que perdiste el conocimiento por la borrachera, pero tuvo que haber algo más. ¿Recuerdas si te hizo tomar algo? Quizá fue sólo el esfuerzo.

—Sí, no entiendo cómo pude hacerlo.

En el fondo, Baltasar estaba secretamente orgulloso de su hazaña.

—Eres mi paciente y debo hacerte una pregunta incómoda. ¿Serías capaz de recordar cuántas veces lo hiciste?

—Cuatro, cinco, seis... no sabría decirte —respondió ruborizado.

—Es horrible que tengamos que hablar de este modo —dijo Telma—, pero si es cierto lo que me dices, eso es improbable en un hombre de tu edad; es más, diría que es prácticamente imposible, como no sea bajo los efectos de alguna sustancia estimulante.

—Te aseguro que no tomé nada, al menos de manera voluntaria.

La última observación le había dolido especialmente. ¿Acaso no fue extraordinario lo que hizo con ella en Granada? ¿No se acordaba de que también la amó salvajemente? Tampoco en aquella ocasión se comportó como un hombre de su edad. Evocaba a Telma desnuda, paseando por la habitación tan impúdica como podía, provocándole deseos mucho más feroces de los que había sentido por Berta Bahuer y, sin embargo, a ella no le pareció suficiente proeza la manera de amarla. ¿Qué podía esperar de las mujeres? Todas habían sido ingratas con él. Permaneció en silencio mientras Telma, con una frialdad irritante, le hablaba de accidentes cardiovasculares, tomografías, procesos rememorativos, lóbulos frontales y de las zonas recónditas del cerebro donde se aloja la memoria.

—Eso fue, sin duda, lo que te provocó la amnesia psicogénica —dijo Telma finalmente.

¿No se daba cuenta de que no soportaba que le tratase como a cualquiera de sus pacientes? Le molestaba la luz que alumbraba la mesa, el ruido casi imperceptible que se colaba a través de la ventana, la bata blanca que otras veces se quitaba para recibirle, el tono distante y monocorde de cada pregunta, el bolígrafo con el que jugueteaba entre los dedos de sus manos blancas... Si continuaba tratándole con esa indiferencia, no volvería a verla jamás. Hizo un último esfuerzo para acercarse a ella.

—Telma, no viviré mucho tiempo. ¿Por qué no me dejas quererte?

—Lo siento, Baltasar, creía que todo había quedado claro entre nosotros. Créeme, he hecho un esfuerzo inmenso por explicarte las cosas. No lo pongas más difícil.

—Te ruego que no te enfades jamás. Permíteme, al menos, seguir hablando contigo alguna vez. Te lo suplico, Telma, no me abandones.

—No estás en el lugar adecuado para hablar de lo nuestro. Espero que lo entiendas de una vez por todas.

—Perdona mi debilidad —respondió Baltasar—. No volveré a molestarte.

Se contemplaron en silencio durante unos segundos y, sin despedirse, abandonó la consulta. Ya en la calle se secó las lágrimas con el pañuelo, sintió el frío del invierno, escuchó el ruido del tráfico y notó, de nuevo, una punzada en el estómago. Nunca se había sentido tan indefenso. Estaba muy enfermo. Volvió a pensar en la proximidad de la muerte.

Los últimos meses habían sido un infierno para María Luisa. Ahora sabía bien lo que era sentir humillación. Cuando Gonzalo, después de muchas precauciones, se confió a ella por primera vez, le hablaba de Baltasar como si se tratara de otro hombre. No acababa de entender sus deseos de venganza ni los motivos por los que estaba tan resentido con el viejo. Se quejaba de que nunca había visto una sutileza más diabólica para manifestar el desprecio infinito que sentía hacia cuantos le rodeaban, de hacer patente su torpeza; se comportaba como un dios, más capaz y más sabio que todos ellos. Era tolerante y comprensivo con sus propios errores, pero le enfurecían exageradamente los ajenos y sabía los mejores métodos para despreciarlos, lograr que se sintieran torpes, insignificantes, derrotados. Apenas bastaba una palabra, una mirada o un leve gesto del barón para que todo el mundo se echara a temblar. El miedo a cometer errores, el temor a equivocarse los dejaba paralizados.

Después de tantos años a su servicio, Gonzalo creía firmemente que su odio era legítimo y ya no le ocultaba a María Luisa sus deseos de venganza. Por suerte para los dos, había llegado el momento del ajuste de cuentas, del ojo por ojo y diente por diente. Los complacía ser testigos del progresivo deterioro físico del viejo, pero la satisfacción de ver su rostro demacrado, el dolor de estómago, las torpezas a la hora de nombrar las personas y las cosas, el miedo que tenía a morir no era suficiente. Hacía meses que habían unido sus fuerzas, sus secretos y sus conocimientos para actuar en defensa propia frente a su enemigo común.

Esperaba a Gonzalo ansiosa por conocer la importancia de sus últimas averiguaciones, que apenas había podido insinuarle por teléfono. No sentía afecto por él, ni siquiera comprensión. En el fondo la molestaba tener esa complicidad con un hombre tan retorcido como insignificante. Tomaron precauciones a la hora de establecer la cita. Sabían, mejor que nadie, lo fácil que sería descubrir sus maniobras para los cien ojos que vigilaban cuanto sucedía en el entorno del barón. María Luisa le recibió en su casa a media mañana y, por supuesto, ni siquiera le ofreció un café o un vaso de agua; sólo le invitó a sentarse y a despachar el asunto con celeridad.

—¿De qué se trata? —preguntó sin más preámbulos.

—Antes necesito que lleguemos a un acuerdo entre

los dos —respondió Gonzalo—. Verás, nuestros objetivos son los mismos, tenemos el mismo interés, aunque no las mismas oportunidades. Tengo en mi poder los instrumentos para conseguir lo que quieres, pero, antes de dártelos, necesito asegurarme el futuro.

A María Luisa le repugnaba el tuteo, la excesiva confianza en el trato y, por supuesto, el chantaje, pero no tenía más remedio que aceptarlo.

—No des rodeos. Nos conocemos bien. Dime primero qué tienes y después qué pides.

—Hablaré claro, si es eso lo que quieres. Tengo los cambios que ha hecho recientemente en el testamento y, también, un amplio dossier sobre los Bahuer.

—¿Cuánto me va a costar todo eso?

—No te precipites, María Luisa. Esos papeles no están en venta.

—No puedo perder toda la mañana. Tienes que salir de aquí antes de las dos.

—Sabes que el viejo está obsesionado por el cuadro. Le voy a entregar el informe de la policía, así no sospechará de nosotros.

—Antes que nada, me interesa lo del testamento.

—A eso iba; claro que te interesa. Precisamente por eso quiero que firmemos los dos un documento ante un notario, de confianza, por supuesto, en el que te comprometes a dividir conmigo una parte de tu herencia.

—Estás loco.

—Estoy muy cuerdo. En realidad quiero poca cosa, aunque, naturalmente, por anticipado.

—Es una indecencia que abuses de mi debilidad.

—Por lo que veo, todos somos bastante indecentes; unos más que otros. Para acabar de una vez con esta discusión, te advierto que sólo te deja la finca de Cuenca en usufructo y, por supuesto, el coche y el apartamento donde vives, con todo lo que tiene dentro, es decir, muebles, cuadros, esculturas y joyas. También ha ordenado que te pasen una más que digna asignación mensual hasta que te mueras.

—¿Eso es todo?

—Eso es todo.

—¡Maldito canalla! —exclamó llena de odio—. ¿A quién le deja todo lo demás? ¿A esa puta?

—Algo peor; lo más gordo se lo deja a las monjitas. Pero, antes de seguir con el reparto, te ofrezco un trato. No llores, ya tendrás tiempo de desahogarte.

Entonces le propuso un plan muy simple y de escaso riesgo. En aquel preciso momento, Baltasar tenía preparada una importante suma de dinero, no declarado en parte alguna, para comprar los cuadros de los alemanes. Con la enfermedad de los últimos meses había olvidado los términos del acuerdo al que llegó la noche en que perdió la memoria en casa de Berta Bahuer, pero estaba empezando a recuperarla y lo haría totalmente cuando Gonzalo le enseñara el informe de la policía sobre las sospechosas actividades de los Bahuer. Gonzalo estaba seguro de que, en ese instante, le ordenaría ocuparse del dinero para llevar a cabo la operación. A juzgar por la valía de los cuadros, serían varios cientos de millones cuya fortuita desaparición no dejaría rastro. Antes de llegar a su destino, el dinero tenía que pasar materialmente por la cámara acorazada a la que sólo tenían acceso Baltasar y su fiel secretario. El plan consistía en que el viejo muriese en torno a esos dos o tres días en los que el dinero hiciera escala en el sótano de su casa. Sólo se trataba de hacerle un favor, de acelerar un poco su muerte; al fin y al cabo, le evitarían sufrimientos innecesarios. Estaba tomando una medicación llena de incompatibilidades. Lo más adecuado para disolver los trombos era contraproducente para el proceso ulceroso. No había más que añadir discretamente triple ración de Sitrón al Sedotim de la noche y se produciría el fatal desenlace. Se lo imputarían a su propio error, pues una pequeña sobredosis de anticoagulante activaría mortalmente la úlcera gástrica y se iría sin dolor tras una rápida e imparable hemorragia.

—¿Y qué pasaría si logran cortar la hemorragia? —preguntó María Luisa sollozando.

—Lo más que nos puede suceder es que el dinero pase de largo. Nadie tendrá la más leve sospecha.

—¿Cuál es mi papel en todo esto? —volvió a preguntar.

—Sólo tienes que abrir las dos cápsulas de Sedotim

y meterle las tres pastillas de Sitrón que yo previamente habré convertido en un polvo inoloro e insípido. Lo demás corre de mi cuenta.

—No soy capaz de hacerlo —dijo María Luisa, deshecha en lágrimas.

El informe Bahuer

Gonzalo aún no había entregado al barón de Orellana el informe que le había facilitado uno de sus mejores contactos con la policía. Constaba de tres partes. La primera se refería a un crimen en el que estaba implicada una mafia de traficantes de arte, cuya parte del botín había ido a parar a los Bahuer. La segunda tenía como base los documentos de la CIA estadounidense recopilados por el Congreso Mundial Judío, en los que se detallaba la lista de individuos que expoliaron las obras de arte robadas por las tropas de Hitler durante la ocupación. Su contenido sería publicado próximamente con el fin de alertar a particulares y salas de subastas para que pusieran en conocimiento de la policía de cada país cualquier pista sobre las obras pertenecientes a museos nacionales y a coleccionistas judíos, muchos de ellos asesinados en el Holocausto. El Congreso Mundial Judío intentaba localizar el destino de las obras y también a los propietarios de piezas que hoy cuelgan en museos y cuyo origen resulta incierto. Tenían censados unos dos mil coleccionistas y tratantes de arte de toda Europa, pero el listado de la Oficina de Servicios Estratégicos, la precursora de la CIA, daba cuenta de una veintena de individuos entre los que aparecían varios extranjeros residentes en España: unos pocos anticuarios acusados de haber sido intermediarios en la venta de cuadros saqueados por la División Azul de Franco en las campañas de Rusia y Polonia; un tipo conocido como «el saldista», quien, al parecer, prestaba su vivienda como puerta de entrada en España de numerosas obras producto del saqueo; otros individuos menos conocidos que se hicieron con dos trípticos robados de la iglesia de Smolensk; algunos agentes de aduanas con oficinas en Irún y Madrid, importadores de obras de arte depositadas por los nazis en el puerto de Bilbao, incluidas en una de las primeras listas sobre obras desaparecidas que elaboraron los aliados un tiempo después de finalizar la guerra.

El general Franco dio asilo político a unos cuantos traficantes nazis, se negó a entregar a Holanda más de una veintena de cuadros de oscura procedencia y no firmó la extradición del marchante de Goering, amigo de un adinerado banquero holandés y fundador de la Gestapo, que fue quien los introdujo en España. Los Rembrandt, Van Dyck, Rubens y Cranach robados por los alemanes durante la ocupación de Holanda pasaron un tiempo, al igual que sus ladrones, escondidos en Cádiz, Canarias y Mallorca, antes de partir para la Argentina de Perón, donde fueron recibidos por el general con los brazos abiertos. Ya en Buenos Aires pasaron a mejores manos o, al menos, a mejores colecciones.

Figuraba, por último, con acusaciones imprecisas, el nombre de los Bahuer como presuntos intermediarios de una colección de obras de arte, de valor incalculable, robadas en Suiza. La policía española había logrado desmantelar una red de traficantes y recuperar dos lienzos de Lope de Herrera, un Rembrandt, un Chagall, varias litografías de Braque y joyas valoradas en más de mil millones de pesetas. Quedaba todavía por demostrar la conexión de los detenidos, puestos a disposición judicial, con una banda europea dedicada al narcotráfico y al blanqueo de dinero, con el fin de intercambiar las piezas sustraídas por un importante cargamento de cocaína. A dicha banda pertenecían, según todos los indicios, Torrente y Lapesa, dos viejos conocidos de Baltasar Orellana. Ése era uno de los motivos por los que el ministro le puso protección y, de paso, vigilancia; el otro, su estrecha relación con Berta Bahuer. Los últimos datos y el nombre de los sospechosos aparecían en la tercera parte del informe; la que Gonzalo ocultaría al barón para lograr su objetivo.

Debía encontrar la manera de demostrar al viejo

que los Bahuer tenían que huir antes de que la policía concluyera sus investigaciones; hacerle ver que aún tenía la oportunidad de sacar una parte de su colección al mejor precio, precisamente la que no figuraba en el informe. Tenía que apresurarse para recuperar el tiempo perdido. No aparecían referencias, según consta en el informe, a los cuadros de los expresionistas alemanes. Había que lograr lo antes posible los certificados de autenticidad garantizados por el experto y las correspondientes facturas de compra, para lo cual debía disponer del dinero en efectivo que, sin duda, guardaría en la caja fuerte mientras se llevaba a cabo la operación. En ese momento, la colaboración de María Luisa era indispensable. Una vez muerto el barón, se apoderarían del botín; nadie podía reclamar el dinero desaparecido puesto que nadie conocía su existencia.

Tenía que poner en conocimiento del barón, sin levantar sospechas, el informe Bahuer, cuya primera parte daba cuenta de un crimen. El cuerpo de André Pessau, encargado de una prestigiosa galería de arte, amigo y compañero sentimental de su propietario, fallecido unas semanas antes, fue encontrado por la policía el 7 de agosto de 1994 en su domicilio de Bruselas. El cadáver apareció cosido a puñaladas y todo apuntaba a que el móvil del crimen fue el robo de algunas piezas de gran valor. Un año después se dictó auto de procesamiento por asesinato contra dos hermanos de nacionalidad italiana, Marco y Renato Salieri, al ser hallados en su posesión cuadros sustraídos de la casa donde se encontró a su víctima. Los dos jóvenes eran conocidos suyos, pues su padre, el doctor Salieri, trató en su consulta de Milán al propietario de la galería belga, amante de Pessau, de una enfermedad incurable de la que moriría el 19 de junio de 1994. Eso explicaba que, al no forzar ninguno de los lugares de acceso, no funcionase el sistema de alarma. Aunque estaba protegido por fuertes medidas de seguridad, Pessau les abrió la puerta del chalé donde vivía, algo que sólo hacía con personas de su estricta confianza. Dos de los cuadros sustraídos llegaron hasta una sala de subastas de Barcelona y fueron adquiridos por una desconocida sociedad japonesa tras la que se ocultaba el coleccionista. La descripción física y los datos aportados por quien facilitó dichos cuadros a la subasta coincidían, al parecer, con los de Berta Bahuer. La justicia española había solicitado a las autoridades japonesas la devolución de dichas obras en paradero desconocido, aunque tenían noticias de que ya habían entrado en su país. La policía estaba sometiendo a vigilancia al matrimonio Bahuer.

En el informe se incluían otras referencias más conocidas, como la historia de la rama austríaca de la familia Rothschild, a quien el Tercer Reich confiscó también su inmensa fortuna y durante la guerra almacenó gran parte de sus bienes en minas de sal. Luego pasaron a formar parte de las colecciones estatales de los museos de Austria y, finalmente, fueron devueltos a sus herederos, que decidieron hacer con todo ello (224 lotes valorados en veinte millones de libras esterlinas, unos cinco mil millones de pesetas) una espectacular subasta en la sala Christie's de Londres.

También daba cuenta del caso de un par de octogenarias alemanas residentes en Viena, las hermanas Nebrich, con más de ochenta años, que reclamaban a la señora Körbel una fortuna en cuadros de la escuela flamenca, valorada en varios millones de dólares. La lujosa vivienda de los Nebrich, y los tesoros que escondían dentro, había sido expropiada durante la ocupación de las tropas de Hitler. En esa casa vivieron después los Körbel, judíos alemanes, que a su vez habían perdido todo lo que tenían al huir de los nazis. Más tarde, emigraron a Estados Unidos, donde las cosas les salieron mejor, como lo demuestra la brillante carrera de la señora Albright.

Si los Körbel eran inocentes, los cuadros tenían que aparecer en algún lugar. Más difícil había sido descubrir que los Klimt de principios de siglo, pertenecientes a la señora Altman, otra octogenaria heredera de Adele Bloch-Bauer, la musa del pintor, estaban colgados en las paredes de un museo vienés, la Galería Austríaca. A pesar de su inicial resistencia, el Gobierno austríaco parecía dispuesto a devolver sus obras de arte a las familias expoliadas. También los Bahuer, curiosamente, tenían un cuadro de Klimt similar al reclamado por la señora Altman. Lo que pretendía demostrar con tan minucioso informe es que, para desgracia del barón de Orellana, aún quedaba mucho por descubrir.

Lo que hacía meses le hubiera parecido una aventura fascinante se había convertido en un enojoso deber o, peor aún, en el cumplimiento rutinario de viejos compromisos adquiridos en tiempos felices y saludables. Ahora, Baltasar estaba enfermo y ni siquiera disfrutaba contemplando su tablas medievales o escuchando sonatas de Couperin. Había perdido el interés por los expresionistas alemanes y hasta por la Magdalena de Caravaggio. Le gustaría romper con todo, pero no tenía el suficiente valor. Seguía adelante porque toda la vida había sido un ludópata, un fetichista y un empedernido ambicioso. ¿Por qué continuar acumulando bienes si ya no podía disfrutarlos? Como había dispuesto en la herencia, al margen de lo establecido legalmente para su legítima esposa en caso de que le sobreviviera, las obras de arte irían a parar a la Iglesia, en concreto a las monjas que se entregaron a la enfermedad de Carmen y los curas del monasterio. No lo hacía como una donación para pagar un favor, por otra parte sobradamente recompensado, ni porque fuera un creyente virtuoso, caritativo y altruista, sino para acallar su mala conciencia. La mayoría de sus tesoros procedían de las catedrales, iglesias, conventos y ermitas cuyo patrimonio artístico había sido dilapidado por párrocos sin escrúpulos o directamente robado por hampones y mafiosos. De modo que no hacía más que devolver el botín, fruto de un latrocinio prolongado y excesivo, a su lugar de origen.

¿Qué otra cosa hacía cuando iba a visitar, como cliente privilegiado, la trastienda del anticuario Vicente Hernández sino comprar sus piezas robadas a la Iglesia? Bien sabía Baltasar su procedencia y poco le importaba. No sólo el tío de María Luisa fue su proveedor durante largo tiempo, también tuvo relaciones con delincuentes más notables. A la muerte de Hernández ordenó a su secretario entrar en contacto con uno de los ladrones de arte gótico y románico más importantes del mundo; incluso llegó a entrevistarse con él personalmente. Desconocía su actual paradero, quizá estuviera muerto o pudriéndose en alguna cárcel, pues lo andaba buscando la Interpol. Lo recordaba no sólo como el profesional extraordinario que era, sino como un hombre agudo, inteligente y con arrebatos de genialidad. Jamás se arrepentía de sus delitos; al contrario, criticaba a los curas por ser los mayores ladrones de arte de todos los tiempos y, para colmo, tenían las piezas tiradas sin ningún cuidado y muchas estaban podridas. Él se encargaba de rescatarlas, restaurarlas y ponerlas en buenas manos; en el fondo, les estaba haciendo un favor. Los mismos curas, la mayoría de las veces, se las vendían por un precio irrisorio a los gitanos y luego él tenía que recomprarlas, pero sacaba doce o quince veces su valor. Siempre hablaba bien de los gitanos porque han salvado una buena parte del patrimonio artístico que, de otro modo, habría acabado entre las ruinas de muchas iglesias y ermitas abandonadas de la mano del Señor.

En cierta ocasión le contó que había elaborado un plan minucioso para dar el gran golpe en el Vaticano. Sería el definitivo; el último de su vida. Su única frustración era no haberlo logrado; no encontró gente a la altura de las circunstancias y, además, era el único santo lugar sin flancos débiles; todas las iglesias y museos, al parecer, los tienen. Él mismo llevaba cuenta detallada de los robos cometidos, más de dos mil; de las veces que se había casado, no menos de siete; de los muchos hijos que tuvo dentro y fuera de sus sucesivos matrimonios.

No sólo era un excelente ladrón sino también un experto que amaba el arte tanto como a sus mujeres. Sabía expoliarlo, esconderlo, venderlo y hasta falsificarlo. Las piezas que vendía a sus ilustres clientes iban acompañadas de sus certificados de autenticidad; incluso, quién sabe cómo, se las ingeniaba para que fueran garantizadas por su propietario original. Presumía de tener pericia, cultura y la mejor información sobre todo lo relacionado con los 150 coleccionistas de arte medieval que, según sus cálculos, andaban repartidos por el mundo.

Este personaje extravagante tenía en gran estima al barón de Orellana, cuya identidad conocía bien, a pesar de que Baltasar había tratado siempre de ocultarla. Le había hecho trabajos de encargo, algo que no aceptaba de casi nadie. Entre los más apreciados por Baltasar, la «adquisición» de un candelabro cristiano de los primeros siglos y dos hermosas tallas de la Virgen del gótico francés, muy similares a una expuesta en el Louvre que estaba asegurada en seis millones de dólares. Nunca le preguntó su procedencia, pero sabía que el tipo tenía excelentes amigos repartidos por el mundo, aunque jamás pronunciaba sus nombres. Desde luego, confiaba que hubiera hecho lo mismo con él, sobre todo después de la noticia aparecida ese mismo día en el periódico: «Recuperadas en Valencia y Alicante cuatro pinturas del siglo XVI de incalculable valor. Fueron robadas, a finales de los ochenta y principios de los noventa, en iglesias y ermitas de La Rioja y Navarra. Han sido detenidos los anticuarios M. R. R, de cincuenta y cuatro años, y F. R. C., de sesenta y tres, como compradores de las piezas, entre las que destacan pinturas de gran valor histórico, como *El Santo*

Cristo de León y *El Cristo del monte de los Olivos*. La Guardia Civil confía en recuperar más obras de arte robadas en otros templos de Ávila. La operación sigue abierta.»

¡Dios santo! Sólo le faltaba que dieran con el paradero de alguna de esas piezas, que habían pasado a formar parte de su colección.

Se cumplieron las previsiones de Gonzalo. Terminada la lectura del informe, Baltasar llamó a los Bahuer para cerrar el trato que lamentablemente había olvidado. Esperaba que no fuera demasiado tarde y la pareja de indeseables hubiera actuado por su cuenta. Por unos instantes recuperó el deseo de poseer el Caravaggio y el resto de los cuadros que Berta le apartó la noche del desgraciado incidente. Le repugnaba la idea de enfrentarse de nuevo con esa mujer. Pensó, por otra parte, que le seguía estando agradecido. Telma se cruzó en su vida como consecuencia de aquel desastre y aún estaba a tiempo de recuperarla. Hablaría con Telma; juraría solemnemente que jamás la volvería a importunar; no le tocaría un pelo ni diría una sola palabra que pudiera molestarla.

Lo extraño es que Berta no hubiera intentado ponerse en contacto con él desde entonces. A pesar de su falta de escrúpulos, quizá por una vez estaba avergonzada de su comportamiento. En cualquier caso no podía perder ni un minuto más. Gonzalo le aconsejó ciertas precauciones; no debía telefonear directamente a casa de los Bahuer. Para evitar interferencias, ordenó a su secretario establecer una cita en el lugar y a la hora que Berta considerase más prudentes. Baltasar no quería volver al caserón de los Bahuer bajo ningún concepto. Pretendía, incluso, que su secretario le adelantara sus propósitos, de modo que la conversación con esa mujer fuera lo más breve posible. Así lo hizo.

Los trámites, sin embargo, fueron más lentos de lo previsto. La espera se le hizo interminable. Cuando ya empezaba a anochecer, Gonzalo regresó con un recado de Berta Bahuer.

—Es imposible acordar una cita, señor, tienen el teléfono interceptado, la casa bajo vigilancia y están siguiendo todos sus pasos. Sería peligroso un encuentro en cualquier otro lugar —le dijo el secretario.

—¿Ha visto sólo a la señora Bahuer o también a su esposo? —preguntó el barón.

—El señor Bahuer está fuera de España y su mujer se irá esta misma semana para reunirse con él, de manera que le urge cerrar el trato.

—¿Acepta las condiciones?

—Absolutamente, señor.

—¿Cómo puedo fiarme de esa gente?

—Todos los días, el jardinero entra y sale de la casa en una vieja furgoneta. Ese hombre está a su servicio desde hace treinta años y la señora Bahuer me asegura que es una persona de su absoluta confianza.

—¿Y bien?

—El plan consiste en camuflar esta misma noche el Caravaggio, el Kirchner y los dos Kokoschka perfectamente embalados en el suelo de la furgoneta del jardinero y sacarlos pasado mañana en una de sus salidas habituales. Yo le estaré esperando en el vivero que está situado en el kilómetro quince de la Nacional VI, donde compra regularmente el abono para las plantas. Nos aseguraremos bien de que no nos siguen. Nadie sospechará de él.

—Termine de una vez.

Baltasar empezaba a alterarse; a desconfiar de todo el mundo.

—Señor, intentaré ser lo más breve posible. Con la furgoneta llena de plantas nos dirigiremos hacia aquí, entraremos por el garaje y descargaremos los cuadros en el sótano. Allí estarán escondidos hasta que vengan a autentificarlos. Sólo tendrá que pagar la cantidad convenida cuando los cuadros, con su correspondiente certificado, estén en su poder.

—Me parece un plan descabellado. Una solemne estupidez. ¿A quién se le ha ocurrido semejante majadería?

—A la señora Bahuer y a mí mismo, señor.

—Son ustedes dos mentecatos.

—Si me permite, señor, no hay ningún riesgo. El dinero no saldrá de la caja fuerte hasta que el señor barón no lo considere oportuno.

—¿Por qué esa pécora cede los cuadros sin ninguna garantía?

—La señora Bahuer confía plenamente en usted y, además, no puede llevar los cuadros a ninguna parte. Es la única oportunidad de darles salida.

A Baltasar empezaba a cegarle la ambición y, sobre todo, el orgullo le impedía imaginarse víctima de una estafa. Se tomó unos minutos antes de responder.

—Está bien. Si es tal como dice, inténtelo. No tengo nada que perder.

El único esfuerzo sería cambiar el dinero de sitio. Ordenó a Gonzalo que llevase a cabo los trámites necesarios para que todo estuviera dispuesto en la fecha indicada. Pensó en la conveniencia de hablar del informe con el ministro antes de que los cuadros estuvieran en su poder. Tal vez le aclarase algunos puntos todavía oscuros en la vida de los Bahuer.

Como era habitual, el ministro no puso el menor obstáculo y le recibió esa misma mañana. Tenía cierta simpatía por Baltasar; incluso en algunos momentos llegó a admirarle. Era la primera vez que entraba en su despacho con humildad; algo insólito en aquel hombre. Daba una triste sensación de desamparo. Al verle aturdido, demacrado, confuso, con la mirada acuosa, sin brillo, convertido repentinamente en un anciano, sintió compasión por él. Hasta parecía que había cambiado su piel curtida y bronceada por otra más fina y transparente, llena de manchas deslucidas que le daban un aspecto enfermizo. Había perdido mucho peso, tenía los pómulos salientes, marcadas las órbitas de los ojos y el cuello de la camisa le quedaba demasiado ancho. Nunca le había visto tan descuidado.

—Siéntate, Baltasar. ¿Cómo va la vida?

Por primera vez no supo cómo empezar y titubeó antes de poner el informe sobre la mesa.

—¿Quieres un whisky? —preguntó el ministro amablemente.

—No, te lo agradezco. Llevo unos días sin beber. Tengo hecho polvo el estómago.

—Te advierto que yo también he reducido la dosis. Sin darte cuenta se te va la mano y a estas edades tenemos que empezar a cuidarnos.

—Yo me he dado cuenta demasiado tarde.

—No creas, nunca es tarde para empezar.

—Para mí ya es demasiado tarde.

—¡Qué tontería! Estás estupendo —exclamó el ministro, tratando de disimular—. Bueno, tú me dirás. ¿Qué te trae por aquí?

—Disculpa, ministro, te estoy haciendo perder demasiado tiempo.

Era insólito que Baltasar Orellana pronunciase semejante frase. Jamás se le hubiera ocurrido decir algo así. Hasta entonces habían sido los demás quienes le hacían perder el tiempo.

—No te preocupes, mientras no suenen los teléfonos estoy a tu disposición, al menos, hasta las dos y cuarto. Tengo que almorzar con el presidente.

—Vengo a pedirte información sobre un tema delicado. Esto es lo que yo sé, pero estoy seguro de que tú sabes mucho más acerca de los Bahuer.

El ministro se mostró sorprendido cuando Baltasar sacó del sobre la copia de un informe que llevaba el sello de Interior en el encabezamiento de cada una de las hojas.

—¿Me puedes explicar cómo lo has conseguido? —le preguntó el ministro, contrariado.

—Eso es lo de menos. Ya sabes que tengo buenos contactos.

Después de examinarlo apresuradamente, lo dejó sobre la mesa y fue él quien inició el interrogatorio.

—Baltasar, ¿eres amigo de esta gente? —preguntó con voz grave.

—Conozco a los Bahuer desde hace tiempo, pero está claro que no lo suficiente.

—¿Has tenido algún tipo de negocio con ellos?

—¿Negocio? No exactamente. Hemos hablado de cuadros en alguna ocasión.

—Voy a ser absolutamente sincero contigo; esta gente es peligrosa.

—Tengo tratos con mucha gente peligrosa, incluso en este ministerio, sin ir más lejos —dijo Baltasar en tono provocador.

—El peligro no es que se dediquen a trapicheos más o menos ilegales. Tú sabes, mejor que nadie, que en el mundillo del arte hay mucho estafador, pero lo de esta pareja es algo más grave.

—Eso quiero saber precisamente; en qué consiste la gravedad y si me habéis espiado por culpa de ellos o por algo más.

—Nadie te espía, Baltasar, nos hemos limitado a protegerte.

—Para protegerme habéis entrado en la consulta de la doctora Suárez. Para protegerme me habéis pinchado el teléfono. Para protegerme me habéis robado papeles de mi mesa de despacho. Dime, ministro, ¿no se os ocurre algo mejor para proteger a un ciudadano honorable?

Había perdido los nervios. Se levantó del sillón, cogió el informe que estaba sobre la mesa y empezó a dar grandes zancadas por la habitación.

—¡Estoy harto de vuestra protección! —gritó completamente fuera de sí—. En lo sucesivo espero no ver a nadie merodeando a mi alrededor. De lo contrario tomaré medidas contra ti, querido ministro. Todavía tengo poder.

—Haz el favor de calmarte. ¡Escúchame!

—Sólo quiero escuchar cómo descuelgas el teléfono ahora mismo y oír cómo das la orden de que aparten de mi camino a toda tu gente.

—Tienes que escucharme, Baltasar, los Bahuer te han estado utilizando.

—No tengo nada que ver con esos individuos.

—Más de lo que imaginas, me temo. Te voy a dar una información absolutamente reservada. Confío en tu prudencia y en tu caballerosidad. Los Bahuer han entrado en contacto, a través de ti, con Torrente y Lapesa. Juan Bahuer ha cruzado la frontera hace una semana para reunirse con ellos. Todavía no sabemos en qué lugar, pero tenemos algunos indicios. Su mujer, Berta Bahuer, piensa encontrarse muy pronto con ellos. Ella nos dará la oportunidad de detenerlos.

Baltasar se quedó atónito, y con un hilo de voz preguntó.

—¿Bajo qué cargos?

—Narcotráfico.

No daba crédito a lo que estaba oyendo. Hubiera imaginado cualquier cosa de los Bahuer, pero esa posibilidad no se le había pasado por la cabeza.

—¿Me estás diciendo que los Bahuer son narcotraficantes?

—En efecto. Ésa es nuestra sospecha.

—¡No es posible! —exclamó Baltasar.

De pronto lo vio claro. No sólo era ninfómana, sin duda lo era; encima era cocainómana. Aquella noche parecía embrujada, estaba fuera de sí; era algo más que una mujer caliente. Ahora se explicaba su actitud. Telma tenía razón, quizá él mismo actuó bajo los efectos de la droga.

—Lo es —afirmó el ministro—. Nos consta que Torrente y Lapesa actúan como intermediarios de los Bahuer con una banda de narcos que blanquean su dinero a través de obras de arte. Hace algún tiempo desmantelamos en Valencia una red de traficantes y recuperamos parte del botín, pero no logramos establecer las conexiones entre los detenidos y el matrimonio Bahuer. Tengo la certeza de que ellos fueron quienes les proporcionaron, al menos, un Rembrandt robado en Suiza.

—Lo que no acabo de entender es el papel que me habéis asignado en el reparto —preguntó Baltasar un poco más calmado.

—Los Bahuer se pusieron en contacto con Torrente y Lapesa a través de ti.

—¿A través de mí?

—Sí, tú les facilitaste un número de teléfono.

—Eso no es cierto.

—Lo es, Baltasar. Aunque personalmente confío en tu inocencia, nos consta que hace unas semanas llamaron a esta gente de tu parte. Tenemos intervenido su teléfono.

Otra vez esa maldita puta, pensó, y en seguida cayó en la cuenta de que el mismo día que estuvo en casa de los Bahuer había hablado por la mañana con Lapesa. Su teléfono estaba anotado en el reverso de la tarjeta que olvidó en la habitación de Berta, donde también figuraban las señas de los galeristas.

—Personalmente confío en tu inocencia.

—Tal y como está la situación, te lo agradezco —se despidió Baltasar.

—Una última cosa —le dijo el ministro en la puerta—, ya que estamos de confidencias: ten cuidado con tu sobrina.

—¿Con María Luisa? —preguntó atónito.

—Sí, con María Luisa y tu secretario. He oído rumores. Ya sabes que tengo buenos confidentes. Puedes hacer el uso que te parezca con la debida reserva.

Ni siquiera dijo adiós. Salió del ministerio aturdido y cabizbajo.

Al ver a Gonzalo dentro del coche tuvo que contenerse. Metió las manos en los bolsillos del abrigo para ocultar los puños apretados de ira.

—¡Lárguese! —le dijo al chófer—. Iré andando.

No volvió a casa directamente. Era la hora del almuerzo y tenía cerrado el estómago. La noche anterior había sangrado levemente a causa de la úlcera abierta. El tiempo estaba desapacible y la humedad le calaba hasta los huesos. Se fue caminando hacia el despacho con la esperanza de encontrar a Gertru. Quería sondearla antes de interrogar a María Luisa.

Había pensado muchas veces en la posibilidad de quitársela de encima, pero no de una manera tan mezquina. Liarse con su secretario era un golpe demasiado bajo. Le asqueaba imaginar a los dos juntos revolcándose en su propia cama o en la de ella, riéndose de él, disfrutando de sus pertenencias, de su baño, de sus vinos, de su vajilla, de sus objetos más queridos. Antes de echarlos a patadas tenía que idear un buen escarmiento, pero no sabía cómo hacerlo. Quizá lo estaban esperando y le preparaban una trampa. Se lo debían todo, hijos de puta, pensó, han vivido a su costa espléndidamente durante quince o veinte años y aún quieren más. ¡Qué falta de humanidad! ¿Cómo había podido equivocarse tanto con esas alimañas? ¿Cómo habrían sido capaces de ser tan farsantes? Al parecer, todo el mundo estaba enterado. Por eso la gente había cambiado de actitud; era más compasiva, más amable de lo que nunca fueron con él. Por nada del mundo quisiera dar pena y, menos aún, risa.

El paseo de la Castellana estaba vacío y la niebla impedía ver a lo lejos. Apenas había gente caminando, pero escuchó unos pasos a cierta distancia. Se dio la vuelta bruscamente y vio a dos hombres. No reconoció sus caras, pero les gritó:

—¡He dicho que se larguen!

No se dieron por aludidos; continuaron impasibles unos cuántos metros más y, al llegar a un semáforo, cambiaron de dirección. Siguió caminando solo entre los árboles. Tenía que modificar inmediatamente el testamento. Sólo faltaba que ese par de canallas disfrutasen de sus bienes después de su muerte. Gertru estaría a punto de salir a comer. Paró un taxi para llegar a tiempo.

Cuando Baltasar llegó, Gertru ya tenía puesto el abrigo y se disponía a salir.

—Buenas tardes, don Baltasar, le han estado esperando toda la mañana.

—¿Puede quedarse un momento?

Más que una pregunta era una orden.

—Por supuesto, señor.

La hizo pasar a su despacho y echó el cerrojo a la puerta, cosa que nunca hacía con su secretaria.

—No quiero que me mienta, Gertru, le exijo que me diga la verdad aunque le resulte difícil.

—Siempre le he dicho la verdad, don Baltasar, jamás en mi vida se me ocurriría mentirle —dijo notablemente asustada.

—¿Qué hay entre mi sobrina y Gonzalo?

—Perdón, señor, no le entiendo.

—Me entiende perfectamente y quiero que me responda.

—Yo no sé nada, señor, le juro que no sé nada.

—¿Qué dice la gente?

—No lo sé; no puedo saberlo.

—Estoy perdiendo la paciencia, Gertru. Lleva toda

la vida trabajando para mí y no quisiera prescindir de sus servicios.

—A mí nunca me dicen nada, se lo aseguro. Últimamente hablan más por teléfono, señor, eso es todo. Le juro que si supiera algo, se lo diría, señor.

—¡Váyase! He dicho que se vaya. ¡Fuera!

Le abrió la puerta y la empujó. Gertru se fue aterrada. Nunca le había visto perder los modales.

Hasta su secretaria le engañaba. No tenía a quién acudir, a quién preguntar, dónde averiguar lo que estaba sucediendo a sus espaldas. Sería ridículo llamar a Telma. Era, sin embargo, la única persona en este mundo en la que seguía confiando. Todos los demás le habían traicionado. Preguntaría a María Luisa directamente; dijera lo que dijera, sabría la verdad. Esta vez no lograría engañarle. Tenía que calmarse antes de volver a casa. A las cinco en punto llamaría al notario.

Cuando Gertru regresó del almuerzo eran más de las cuatro de la tarde. Baltasar se había quedado dormido en el sofá que tenía frente a la mesa, donde solía recibir a los clientes de confianza. Se despertó sobresaltado por el timbre del teléfono interior.

—Buenas tardes, el señor Basterrechea pregunta por usted.

Era Gertru, con la voz todavía temblorosa.

—No me pase ninguna llamada. No estoy para nadie. Diga a mi sobrina que venga. Necesito verla urgentemente.

El sueño reparador le había calmado los nervios. Quería interrogarla con habilidad y era necesario mantener la calma. Hacía tiempo que no veían a los Basterrechea. No eran malas personas, pero últimamente todo el mundo le aburría. Estaba impaciente por ver la cara que ponía María Luisa cuando le soltara a bocajarro que lo sabía todo. Mejor sería pensar cada frase, torturarla un poco, hablarle amablemente, hacerle creer que estaba cambiando de actitud. Habían pasado varios días sin dirigirse la palabra. Los últimos fines de semana se iba a Granada para cuidar a su madre. Ahora lo entendía; la enfermedad de la madre era la coartada perfecta para largarse con aquel cretino. Se asomó al ventanal para contemplar el cielo gris. El viento arrastraba las hojas y la gente corría apresurada para protegerse del frío. Parecía a punto de llover. María Luisa se estaba retrasando demasiado. Se sentó tras la mesa del despacho. Debía mantener las distancias para evitar la tentación de estrangularla. ¿Qué sería de aquellos dos imbéciles sin su protección? No tenían donde caerse muertos.

Como siempre, entró sin llamar. Parecía agitada.

—¿Qué te pasa? —preguntó—. Gertru me ha dado un susto. Me dijo que viniera urgentemente.

—Ya sabes que Gertru es idiota; asusta siempre que habla.

—¿También la has tomado con ella? —preguntó María Luisa algo más relajada—. Se te está agriando el carácter. Últimamente no hay quien te aguante.

—Nos pasa a todos los viejos.

—No creo que te hayas vuelto viejo de la noche a la mañana.

—Soy viejo desde que me conociste, pero entonces no te importaba.

—No digas más tonterías. ¿Para qué me has llamado?

—Al que no soporto es al lameculos de Gonzalo. Me lo voy a cargar.

—Supongo que no estoy aquí para aguantar los líos con tus empleados.

¿Cómo era posible que no se hubiera alterado al oír el nombre de Gonzalo? Jamás pensó que tuviera esa sangre fría. ¿Cuánto tiempo llevarían liados?

—Querida María Luisa, tengo que confesarte algo: te detesto.

—No es necesario que seas tan grosero. Hace meses que lo vengo sospechando. Esperaré que se te pase.

—No merece la pena que esperes. No se me pasará nunca.

—Estás equivocado. Te conozco mejor que tú mismo. Se te pasará en cuanto dejes de ver a esa mosquita muerta. No estás enfermo; sólo estás encoñado, como siempre. La única diferencia es que ésta te da

233

marcha y por eso dura más. Cuando se te pase volverás a mí; siempre vuelves.

—No sé a quién te refieres ni quiero saberlo. Pero no se te ocurra pronunciar su nombre.

—Vaya, sí que te ha dado fuerte esta vez.

—Escúchame, desdichada: vas a tener que buscarte la vida, no quiero volver a verte.

—No te consiento que me hables así.

—Te he dado mucho más de lo que te mereces. Vete y no vuelvas jamás. Me estoy conteniendo. He dicho que te vayas —dijo señalando la salida.

—No puedes hacerme esto. Baltasar, por favor, no hagas algo de lo que puedas arrepentirte. Vamos a hablar. Es posible que me haya portado mal, que no sepa complacerte, que haya cometido errores, pero yo te he querido; te quiero todavía. Escúchame, te lo suplico.

—Tus lágrimas ya no me conmueven. Desaparece por esa puerta antes de que sea demasiado tarde.

—¿Te has vuelto loco? Baltasar, te lo suplico, perdóname si he hecho algo mal. No me dejes así.

—No lo hagas más difícil. Se acabó.

La agarró fuertemente del brazo y la arrastró hacia la puerta.

María Luisa se quedó llorando unos instantes, hasta que, al fin, se fue. Gertru presenció la escena horrorizada. Baltasar estuvo encerrado el resto de la tarde, sin que nadie se atreviera a molestarle.

Grafomanías
(18 de diciembre)

La vida no era para tanto; me ha decepcionado. No he echado raíces en ninguna parte. Mi abuelo tuvo una vejez feliz. Me contaba historias fascinantes que yo escuchaba durante horas. ¿A quién puedo contarle mis hazañas, mis aventuras, mis tragedias? Un anciano como yo sólo sirve para contar cuentos a sus nietos, pero ¿a quién se los cuento? Por eso, en un intento final de dar sentido a una vida que se acaba, tengo esta necesidad patológica de escribir.

Cansado de tantas pérdidas, siento que el corazón está a punto de pararse y casi me alegro. Me pesan demasiado las desgracias y las contradicciones me roban el sueño. Ya sólo espero ver la luz sublime. Recuerdo los escasos placeres perdidos. Me llevo algunos recuerdos de mi infancia: el sonido del canto de los pájaros; el olor de las vacas de la lechería, el pan recién horneado en la tahona, los pasteles rancios de los ultramarinos donde mi madre me enviaba a moler café; la peste de las caballerizas, el abono del campo en primavera; el perfume de los polvos de maderas de Oriente.

Escucho voces humanas; la de mi madre, la del niño que perdí, la tuya, Telma. Al imaginarte desnuda, ya ni siquiera siento la punzada en el vientre. Te he amado en los momentos más duros de esta fugaz convivencia. Permíteme nombrar de ese modo nuestros breves instantes de intimidad. Has sido la única mujer cálida, generosa, enigmática, dulce, fuerte y lúcida que he amado. Procuré hacerte feliz sin saber que suponía una violación de tu cuerpo y tus deseos. Naufragué en un torrente incontrolable de euforia y enajenación. He tenido la dicha de ser poseído por ti, pero la obstinación, las dudas y los celos me han dejado vulnerable e indefenso.

Eres la única persona en este mundo que me ha hecho salir de mí mismo, contemplarme desde fuera. Estar pendiente de uno mismo es una patología; el ego es una enfermedad profunda. ¿Qué pensará la gente acerca de mí? ¿Cómo me juzgarán? ¿Les caeré bien o mal? ¿Me aceptan o me rechazan? ¿Me aman o me odian? Siempre el «me» y el «yo» en el centro del universo. Los que vivimos pendientes de nosotros mismos es porque tenemos miedo; no somos nada más que lo que poseemos y nos espanta que nos quiten los cargos, el prestigio, la gloria, la fama, el poder. He dañado a mucha gente y he tenido especial destreza para aniquilar a todo el que me demostraba cualquier gesto incipiente de bondad. He destruido más de lo que he creado. Desde que recuperé la memoria se han precipitado los acontecimientos. Todo se desvanece. Estoy a punto de desaparecer. Mi vejez ha sido corta, más bien fugaz y demasiado ingrata.

He tenido altos y bajos, momentos de depresión, de desconsuelo, y épocas lejanas que fueron plácidas, y de todo ello hago una síntesis que puede parecer estúpida: la vida me parece cada vez más incomprensible, tanto en lo bueno como en lo malo, porque ha sido un escamoteo perpetuo. Al final no soy capaz de sacar conclusiones. Sólo tengo una evidencia: cada vez que aparecen las cosas más sublimes, cuando crees que van a ser permanentes, que merecen la pena, se esfuman sin ningún sentido. Pronto desapareceré y, después de tantas cosas como he visto desaparecer, casi me alegro de que esté próximo el final; que llegue cuanto antes, pero que no me duela. No he tenido tiempo de aprender a soportar el dolor.

Ya está bien de tantas pequeñas cosas, las molestias, las dificultades, las torpezas, la disminución progresiva de los sentidos, el deterioro imprevisto, repentino, vertiginoso, el dolor punzante que no me deja respirar.

He vivido ofuscado por la riqueza, la abundancia,

el prestigio y el poder. He echado a perder mi vida para llegar a ser alguien. Nuestras ambiciones sólo pueden ser satisfechas por la mente. Ahora detesto el dinero, es un dolor que todo lo desvirtúa. Mi madre decía que el dinero es como el oxígeno, si te falta no puedes respirar, pero cuando lo tienes no lo notas. Puedes vivir sin él, como puedes vivir sin el oxígeno, pero tienes que estar todo el tiempo diciendo «que me traigan la mascarilla que no puedo respirar». Lo pasas mal. El exceso de oxígeno no te hace más feliz; al contrario, te crea problemas. El mundo del dinero es poco reflexivo, no se detiene en los medios y sólo piensa en los fines, pero ni siquiera al conseguirlos echas la vista atrás.

He perdido demasiado tiempo amasando mi fortuna y ahora me importa poco lo que hagan con ella. Quisiera que ningún objeto hubiera sobrevivido a los seres que amé. Algunos, sin embargo, son tan bellos que merecen la eternidad. Me gustaría que todas mis posesiones desaparecieran conmigo, pero ni siquiera tengo ganas de quemarlas ni tiempo para destruirlas poco a poco. Hay muchas clases de riqueza, pero la mía es de ínfima categoría. Siempre acabamos defraudando o siendo defraudados. No hay nada como esperar para ver que nuestra propia felicidad se acaba tan pronto como la ajena. He sufrido infinitamente antes de caer en la desesperación. Renuncio a las escasas bondades que me ha dado la vida.

Angelina te hará entrega de mis últimos escritos. Es la pesada carga que te dejo como herencia. Sé que eres la única persona capaz de permanecer en silencio, de guardar sólo para ti esta verdad amarga. Espero que la ocultes en la memoria y jamás la compartas con nadie. Todo está dentro de ti; no busques nada en otro lugar. Te llevo conmigo hasta la eternidad. Será una muerte deseada; no quiero seguir viviendo. Mientras me estás leyendo ya habré desaparecido de este mundo. Sólo hay paz y silencio. Ahora puedes dormir, no te preocupes, yo estaré despierto eternamente. No hay prisa; estoy fuera del tiempo. No espero, no ansío, no imagino, no sufro, no tengo miedo, no necesito más. Ya no existo.

Llegó a su casa poco antes de la medianoche. Angelina esperaba despierta para servirle la cena. Baltasar entró despacio, arrastrando los pies, mirándolo todo como si hubiera estado ausente durante largo tiempo. La criada salió a recibirle y, tras recoger su abrigo, le preguntó:

—¿Quiere cenar el señor?

—Te lo agradezco, Angelina, pero no tengo ganas —respondió con un gesto de dulzura infrecuente.

—Debería cuidarse, come muy poco y le veo desmejorado.

Sin prestar atención a sus palabras, Baltasar se apoyó en su brazo y le hizo una petición extraña.

—Angelina, ¿puedes acompañarme a la habitación? Quiero enseñarte algo.

Recorrieron el pasillo en silencio y, una vez dentro del cuarto, Baltasar se dirigió hacia la cómoda, sacó un sobre del bolsillo de su chaqueta y lo depositó en el cajón que siempre tenía cerrado con llave.

—En caso de que me suceda algo debes entregar a

la doctora Suárez esta carta y el resto de los sobres; sólo a ella —insistió—, a nadie más que a ella. Guarda bien la copia de las llaves y que nadie abra este cajón excepto tú.

—Sí, señor, pero me está preocupando; no le veo bien. ¿Quiere que la llame?

—Ahora no. Llámala cuando yo no esté.

—¡Virgen santa! No me asuste. Voy a llamar inmediatamente al doctor.

—De ninguna manera. No me pasa nada, sólo me encuentro un poco cansado.

—Como quiera, señor, pero no deje de avisarme en caso de que necesite cualquier cosa. Buenas noches, señor.

—Ah, se me olvidaba advertirte. Si llama la señorita María Luisa, dile que no estoy. Y si se le ocurre venir, no la dejes pasar; ni a ella ni a Gonzalo. ¿Entendido? No quiero verlos. Es importante que hagas lo que te digo.

—La señorita María Luisa ha preguntado por usted varias veces a lo largo de la tarde. Me dijo que no le encontraba en el despacho y se pasó por aquí alrededor de las ocho. Se fue en seguida. Parecía nerviosa y dijo que no dejara de llamar a su casa esta noche. Pero no se preocupe, señor, cumpliré sus órdenes.

—Quiero preguntarte algo, Angelina. Nunca la pudiste soportar, ¿verdad?

—Esa mujer no merece su afecto —respondió sin

poder contenerse—. Además, si me permite que lo diga, sigo echando de menos a la señora.

En todos los años que había estado a su servicio era la primera vez que se tomaba la libertad de hacerle semejante confesión.

—Que le ayude alguien a recoger todas sus cosas y envíeselas lo antes posible.

Cuando Angelina se fue, cerró la puerta de la habitación y se desnudó despacio. Antes de ponerse el pijama se miró en el espejo y, al contemplar su esqueleto, su propia imagen distorsionada, se estremeció. Fue colocando cuidadosamente todos sus objetos personales sobre la cómoda y dentro del armario, se arrodilló ante el crucifijo y rezó durante un buen rato. Luego se tomó las dos cápsulas que tenía preparadas en la mesilla, bebió un sorbo de agua y se metió en la cama. Estaba completamente extenuado. Antes de cerrar los ojos exclamó:

—¡Dios mío! Espero dormir bien, al menos, por una noche.

A punto de amanecer, Angelina se despertó sobresaltada. Estuvo inquieta toda la noche y apenas pudo dormir. Miró el reloj; eran las seis y cuarto. Creyó escuchar ruidos extraños y se incorporó en la cama para afinar el oído. No consideró oportuno acercarse al dormitorio del barón, por si le despertaba. Todo parecía en calma y se volvió a tapar con las sábanas para reposar unos minutos más, hasta que sonara el timbre del despertador, como todos los días, a las seis y media de la mañana. Estuvo pensando en la conversación que había mantenido esa misma noche con el señor, las confidencias que le hizo y el detalle que tuvo con ella al entregarle la llave del cajón. Desconfiaba de esa mujer desde el día que se presentó en la casa por primera vez y, desde luego, se había despachado a gusto diciéndole al barón lo que pensaba de ella. Tampoco se fiaba de la extraña mirada de Gonzalo, pero, a decir verdad, siempre se comportó prudentemente, aunque había tenido motivos para ser indiscreto. Quien, sin embargo, merecía toda su confianza era la doctora Telma; era una mujer de lo más respetable y había tenido una paciencia de santa con la enfermedad del señor.

Escuchó otra vez los ruidos extraños y se levantó para abrir la ventana de su cuarto. Hacía un tiempo desapacible y el viento sacudía el toldo de la terraza. Se puso el uniforme, fue a la cocina, preparó el desayuno y luego se dirigió hacia el cuarto de baño para llenar la bañera de agua caliente. En la penumbra del pasillo le pareció vislumbrar una luz que salía del dormitorio del señor; la puerta estaba entornada y se acercó de puntillas para no hacer ruido. El silencio era absoluto; no se había levantado todavía, de modo que pasó de largo para continuar su tarea.

Antes de las siete de la mañana, el portero dejaba el *ABC* entre el cristal y la reja de la puerta de la entrada, pero a veces se retrasaba un poco y, como el señor estaba acostumbrado a leerlo durante el desayuno, Angelina tenía que bajar a reclamarlo. Era uno de esos días. Dejó la bandeja sobre la mesa del comedor y bajó a la portería para recoger el periódico. Al regresar, le extrañó que no se hubiera levantado y fue a comprobar si aún estaba dormido. La luz seguía encendida y la puerta entornada; la golpeó levemente con los nudillos y anunció en voz baja:

—Buenos días, señor, el desayuno está servido.

Al no tener respuesta, Angelina insistió en un tono más alto:

—Perdón, señor, ¿se encuentra bien? —dijo esta vez asomándose un poco—. ¡Oh, Dios mío! ¡Dios mío!

El barón tenía la cabeza inclinada hacia adelante y las sábanas estaban empapadas de sangre. Tardó unos instantes en acercarse a la cama y, muerta de miedo, le tocó la frente.

No supo qué hacer. Parecía muerto, pero no estaba frío, quizá sólo había perdido el conocimiento; en cualquier caso, debía apresurarse y llamar a... pero no sabía si avisar a una ambulancia o pedir ayuda al portero o a Gonzalo; sería mejor llamar a Gonzalo, él se ocuparía de todos los trámites, de llamar al médico, de hacer lo que fuera necesario. Entre sollozos, se acordó del sobre de la doctora Suárez, aunque no estaba en condiciones de ocuparse de abrir el cajón. No acertaba a marcar ningún número de teléfono y decidió pedir ayuda al portero.

—¡Socorro! ¡Ayúdeme! —gritó al descolgar el telefonillo interior—. Cesáreo, ayúdeme, el barón se está muriendo.

Angelina seguía aterrada, pero tuvo la suficiente entereza para abrir el cajón de la cómoda, sacar los papeles y esconderlos en una de las estanterías del despacho contiguo. Era importante cumplir la promesa que le hizo al barón la noche anterior, quizá más tarde la casa se llenaría de gente y sería imposible. Cuando el portero, seguido de Angelina, entró en la habitación no pudo contemplar una escena más patética. Baltasar había tenido otro vómito de sangre y ya se estaba formando un gran charco en el suelo.

—¡Qué horror! Pero ¿qué hace ahí parada? —exclamó Cesáreo.

Cuando llegó la ambulancia era demasiado tarde. Mientras recibía la primera transfusión, Baltasar agonizaba en brazos de su fiel Angelina. Intentaron reanimarle por todos los medios durante el trayecto, pero no llegó a recuperar el conocimiento; ingresó en el hospital ya cadáver. Lo único que hizo el médico de guardia fue certificar su muerte a las puertas del quirófano. Tuvieron que hacerle la autopsia.

Angelina no pudo evitar que María Luisa y Gonzalo instalaran la capilla ardiente en el domicilio del barón de Orellana. A lo largo de la mañana fueron llegando numerosas personalidades que, a falta de otros parientes más cercanos, daban el pésame a su sobrina María Luisa, vestida de riguroso luto para la ocasión. Angelina se limitaba a abrir y cerrar la puerta del descansillo. Tenía la esperanza de que llegara la doctora Suárez para entregarle discretamente los papeles, pero aún no había podido verla. Esa misma mañana se presentó la policía y le preguntó algunas cosas, pero no dijo ni palabra del encargo de don Baltasar; se limitó a contarles cómo le vio la noche anterior, últimamente estaba muy desmejorado; no quiso reproducir la conversación que mantuvieron pocas horas antes de su muerte. Aún tuvo tiempo de meter unos cuantos pañuelos en el cajón para que nadie se extrañara al encontrarlo totalmente vacío.

Trataba de recordar los detalles de la última noche

en que lo vio con vida, pero estaba demasiado perturbada por el barullo que se encontró en la casa y no sabía cómo comportarse ante María Luisa. Era imposible impedirle la entrada, entre otras cosas porque ya estaba allí cuando volvió del hospital. El instinto la llevó a disimular la repulsión que sintió al ver a la sobrina y al secretario al frente del duelo. Fueron los encargados de disponer todos los detalles. Instalaron controles de seguridad en el portal para impedir el acceso a los curiosos. Una hilera de coches oficiales en segunda fila dificultaban el tráfico en las calles adyacentes al paseo de Rosales. La gente no sabía bien quién era el ilustre difunto, pero se paraban a curiosear el espectacular desfile de autoridades.

María Luisa se arrodilló ante el féretro y se puso a rezar. Vestida con un traje negro, la cara cubierta con un velo, los ojos irritados por el llanto, parecía profundamente afectada y desvalida. Los últimos tres meses habían mantenido una relación infernal; no obstante, con su muerte terminaba parte de su propia vida. El viejo se había empeñado en buscar la mala suerte y la encontró. El final no pudo ser más triste para los dos, pero ella aún tenía posibilidades de rehacer su vida lejos de allí. Vendería la casa, las joyas, los cuadros y, con el dinero de la herencia, se instalaría en algún lugar donde nadie conociera la historia de Baltasar Orellana.

Después del interrogatorio a la criada, la policía reclamó la presencia de María Luisa en una de las habitaciones de la casa para concluir la investigación ordenada por el juez de guardia. El resultado de la autopsia no dejaba lugar a dudas: una hemorragia gástrica le había provocado la muerte súbita. Estaba tan debilitado que no tuvo fuerzas para levantarse de la cama y se ahogó entre vómitos sin tiempo de pedir ayuda. La noche de autos había ingerido doble dosis de Sitrón, las dos cápsulas habituales de Sedotim, un ligero inductor del sueño, además de un analgésico para los fuertes dolores de cabeza que, según la criada, se habían recrudecido en los últimos días. A pesar de las contraindicaciones, tomaba los distintos medicamentos por prescripción facultativa. Habían interrogado al secretario, al personal del despacho y a los diversos médicos que le encontraron ya difunto. No obstante debían completar el informe rutinario con el testimonio de la sobrina.

El inspector pidió disculpas a María Luisa por importunarla en tan dramáticos momentos; se hacía cargo de la situación pero no tenía más remedio que cumplir con su obligación y rellenar el formulario.

—¿Su nombre? Por favor.

—María Luisa Hernández.

—¿Parentesco con el difunto?

—Él siempre me consideró como de la familia.

—¿Cuál era su vinculación?

—Verá, yo era una especie de sobrina, hacía las veces de secretaria privada. Él era íntimo amigo de mi tío y tutor y, a su muerte, hace casi veinte años, Baltasar Orellana se hizo cargo de mí, pero realmente no había vínculos de parentesco.

—Disculpe que sea tan explícito, pero los datos que figuren en el informe son confidenciales. ¿Era su amante?

—Me disgusta ese término. Teníamos una relación sentimental.

—¿Hace cuánto tiempo?

—Desde que llegué a Madrid, ya le he dicho, hace casi veinte años.

—¿Dónde estuvo usted la noche en que él murió?

—En mi casa. Cada uno tenía la suya.

—¿Nunca vivieron juntos?

—Llevamos discretamente nuestras relaciones, pero no creo que al juez le interese esta circunstancia.

—¿Conocía los detalles de su enfermedad?

—Naturalmente. Lo sabíamos todo el uno del otro.

—Estuvo aquí el día de su muerte, según nos ha dicho la criada.

—Sí, habitualmente cenábamos juntos, pero esa noche se retrasó demasiado y decidí no esperarle.

—¿Cuándo le vio con vida por última vez?

—Esa misma mañana estuve con él tratando algunos asuntos del despacho.

—¿Cómo le encontró?

—Como todos los días. No noté nada especial.

Hace meses que se encontraba mal, pero no podía sospechar que el final estuviera tan cerca.

—¿Cuál era su estado de ánimo?

—Estaba muy deprimido.

María Luisa se puso a llorar desconsoladamente, pero el inspector, tras una breve pausa, siguió con el interrogatorio.

—¿Conoce usted las circunstancias de la muerte?

—Sólo lo que me han dicho los médicos —dijo entre sollozos.

—¿Cree que pudo morir por causas distintas a su enfermedad?

—¿Qué quiere decir? ¿Por qué me hace ese tipo de preguntas?

—Son las mismas que hemos hecho al resto de los allegados.

—Le ruego que me deje en paz, inspector. Le suplico que respete mi dolor.

—Ya termino. ¿Sabe si tenía enemigos?

—Lo ignoro. Supongo que algunos, como todas las personas de su posición.

—Espero no tener que molestarla más. De todos modos, déjenos un teléfono de contacto. No se preocupe, se lo hemos pedido a todos los que han prestado declaración.

María Luisa regresó al salón donde estaban los amigos más cercanos. Deshecha en lágrimas, se fundió en un abrazo con Tita Lopetegui, que entraba en ese instante.

Durante los funerales, Telma buscó un lugar discreto, mezclada entre desconocidos, en los bancos intermedios de la iglesia. A lo largo de la ceremonia estuvo observando a la mujer de negro que ocupaba un sitio preferente junto al altar; tenía la cabeza erguida en gesto desafiante, a pesar de lo cual parecía realmente triste. La mayoría de los asistentes se preguntaban quién sería aquella mujer que manifestaba su dolor tan ostentosamente.

Las escasas personas que conocían su verdadera identidad trataron a María Luisa con indiferencia, algunos con desdén y la mayoría ni siquiera se acercaron a ella. A la salida de la iglesia se agolpaban las autoridades, intercambiaban saludos expresivos; todo el mundo estaba sonriente y pocos hablaban de Baltasar Orellana; a casi nadie le afectó su muerte. También Angelina acudió a la misa confundida entre la multitud. Llevaba un gran bolso negro, dentro del cual había camuflado los papeles de don Baltasar destinados a la doctora Telma. Se citaron previamente en un rincón de la iglesia para no llamar la atención. Cuando los asistentes se dirigían hacia la salida, Telma se acercó al confesionario situado en un lateral del templo donde estaba esperando la criada de Baltasar Orellana. Se saludaron con absoluta discreción y Angelina depositó el bolso en sus manos, musitando en voz baja una frase que apenas pudo oír: «No diga ni una sola palabra de este asunto y menos a la policía. Yo no le he dado nada.» Dicho lo cual desapareció. Telma salió apresuradamente hacia el coche y una vez dentro, a salvo de todas las miradas, abrió la bolsa y vio una voluminosa carpeta con el epígrafe «Grafomanías». Se le saltaron las lágrimas al comprobar que había seguido sus consejos. En el interior encontró un sobre con su nombre y lo abrió. Estaba impaciente por descubrir su contenido, pero no había bastante luz para leer con sosiego la larga carta con la firma de Baltasar. Ya en su casa, lo leyó entre lágrimas. Era quizá la única persona en este mundo que había llorado la muerte del barón de Orellana. A la mañana siguiente tomó una ducha bien caliente, se recogió el pelo, se lavó la cara y, por primera vez, se perfumó con aquella colonia de té verde. Antes de ir al hospital volvió a releer la carta y pensó que debería hacerle un homenaje. A mitad de camino cambió de rumbo y se dirigió al cementerio, compró un ramo de rosas amarillas y lo depositó en la tumba de Baltasar Orellana.

EPÍLOGO
—

Las pinturas siguen en España y a los Bahuer se los busca en París. Nadie sospecha del secretario de Baltasar Orellana. A María Luisa le impiden el acceso a toda clase de documentos. La herencia queda repartida entre varias instituciones religiosas, los familiares de su legítima esposa, la fiel Angelina y, por último, la parte más valiosa de la colección de pinturas se puede contemplar en la fundación que lleva el nombre de Baltasar Orellana. La mujer que ha compartido con él los últimos veinte años de su vida sólo puede disfrutar de lo que ya tenía. No hay rastro del dinero que Gonzalo, con toda probabilidad, depositó en la caja fuerte del despacho la noche anterior a la muerte del barón. María Luisa pretende reclamar, como «viuda de hecho», la cuarta parte de la fortuna del difunto, y acusa a los albaceas de manipular las últimas disposiciones del testamento.

Telma sigue llevando ramos de rosas amarillas a la tumba de Baltasar. De vez en cuando recuerda las palabras del brujo del Alhambra Palace: Una muerte cercana, alguien de su entorno, el crimen de un hombre. De vez en cuando relee la carta de Baltasar y se pregunta el significado de una frase: «No busques nada en otro lugar.» Está segura de que ha sido asesinado, quizá se dejó envenenar lentamente, pero no es capaz de aportar las pruebas necesarias. Tiene la certeza de que el brujo lo averiguó. Nadie, excepto ella, conoce el contenido de las «Grafomanías» que Orellana escribió mientras se sintió enfermo.

NOVELAS GALARDONADAS
CON EL PREMIO PLANETA
—

1973. *Azaña.* Carlos Rojas

1974. *Icaria, Icaria...* Xavier Benguerel

1975. *La gangrena.* Mercedes Salisachs

1976. *En el día de hoy.* Jesús Torbado

1977. *Autobiografía de Federico Sánchez.* Jorge Semprún

1978. *La muchacha de las bragas de oro.* Juan Marsé

1979. *Los mares del sur.* Manuel Vázquez Montalbán

1980. *Volavérunt.* Antonio Larreta

1981. *Y Dios en la última playa.* Cristóbal Zaragoza

1982. *Jaque a la dama.* Jesús Fernández Santos

1983. *La guerra del general Escobar.* José Luis Olaizola

1984. *Crónica sentimental en rojo.* Francisco González Ledesma

1985. *Yo, el Rey.* Juan Antonio Vallejo-Nágera

1986. *No digas que fue un sueño (Marco Antonio y Cleopatra).* Terenci Moix

1987. *En busca del unicornio.* Juan Eslava Galán

1988. *Filomeno, a mi pesar.* Gonzalo Torrente Ballester

1989. *Queda la noche.* Soledad Puértolas

1990. *El manuscrito carmesí.* Antonio Gala

1991. *El jinete polaco.* Antonio Muñoz Molina

1992. *La prueba del laberinto.* Fernando Sánchez Dragó

1993. *Lituma en los Andes.* Mario Vargas Llosa

1994. *La cruz de San Andrés.* Camilo José Cela

1995. *La mirada del otro.* Fernando G. Delgado

1996. *El desencuentro.* Fernando Schwartz

1997. *La tempestad.* Juan Manuel de Prada

1998. *Pequeñas infamias.* Carmen Posadas

1999. *Melocotones helados.* Espido Freire